삶에 답하고
죽음에 답하다

삶에 답하고 죽음에 답하다

초판 1쇄 발행 2023년 7월 25일

펴 낸 곳 | 해누리
펴 낸 이 | 김진용
지 은 이 | 김해석
책임편집 | 조종순
북디자인 | 종달새
마 케 팅 | 김진용

등   록 | 1998년 9월 9일 (제16-1732호)
등록변경 | 2013년 12월 9일 (제2002-000398호)
주   소 | 서울시 영등포구 당산로 20길 13-1
전   화 | (02)335-0414   팩스 | (02)335-0416
전자우편 | haenuri0414@naver.com

ISBN 978-89-6226-130-1(03810)

나와 또 하나의
내가 만나다

삶에 답하고
죽음에 답하다

김
해
석 지
음

차 례

작가의 말 • 8
철학자의 말 • 12

제1장 내 영혼은 누구인가

산다는 것과 죽는다는 것 • 18
내 영혼의 스승이 있다 • 21
나는 왜 사는지 알고 있다 • 30
우리는 왜 잠을 자야 하는가? • 34
꿈꾸는 자의 영혼 • 40
마음을 다스리는 지혜 • 48
모든 종교는 초심으로 돌아가야 한다 • 53

제2장 저승과 이승의 법칙

세상에는 영적 능력이 존재한다 • 58
전생은 정말 있는가? • 63
전생의 모든 기록을 밝힌다 • 71
우리는 저 세상에서 계획되었다 • 78

영혼이 성숙하는 단계가 있다 • 84

마음의 여섯 가지 윤회 • 88

사람은 60조 개의 유전자체이다 • 93

제3장 영혼은 계속 윤회한다

만물은 끝없이 순환한다 • 100

물이 바로 법이다 • 105

인생은 무상한 것인가? • 108

보시는 당연한 의무다 • 114

내 가치는 내가 정한다 • 119

화내면 자신이 부서진다 • 125

나는 도대체 얼마나 참아야 하는가 • 130

제4장 존재하는 것은 반드시 소멸한다

영혼은 진화한다 • 136

삶에는 변화의 사이클이 있다 • 141

사람은 이미 심령적인 존재다 • 144

청춘이란? • 147

나는 오직 만족할 줄 안다 • 149

정법이란 대자연의 질서이다 • 154

제5장 지혜라는 이름의 재산

유전자를 활성화시키다 • 162

식물에도 감정이 있다 • 168

고통은 영혼을 강하게 만든다 • 171

사람은 얼마나 똑똑한가 • 174

우주 에너지가 닿고 있다 • 177

예수와 붓다의 근본은 하나다 • 181

정글의 법칙 • 184

제6장 얼굴은 마음의 거울이다

우리의 마음은 천체처럼 둥글다 • 190

얼굴에는 그 사람의 인생이 담겨있다 • 194

건전한 정신과 건강한 육체는 에너지를 전달한다 • 198

자신을 먼저 사랑하라 • 204

보고 듣는 것보다 더 소중한 행복이 있다 • 207

인간성에도 금메달이 있다 • 210

위대한 진리의 발견자들 • 214

제7장 육체의 에너지

몸이 병들어도 마음은 병들지 마라 • 224

침은 약이다 • 227

제 몸에 맞는 음식을 먹어야 한다 • 231

21세기 식단은 어떻게 짜야 할까? • 235

우리는 쌀 찌꺼기를 먹고 산다 • 241

성격이 질병을 만든다 • 246

제8장 건강은 가장 큰 행복이다

물을 많이 마셔라 • 254

자연식은 왜 좋은가? • 261

건강한 식사법 6가지 • 267

음식으로 못 고친 병은 의사도 못 고친다 • 271

숙변은 만병의 근원이다 • 275

마음은 가슴 부위에 있다 • 281

저자 후기 • 286

운명의 파도를 헤쳐 가는 거룻배

사람의 운명은 알 수 없다고 말하지만 그렇지 않다. 종을 치면 종소리가 나고 콩을 심으면 콩이 나는 인과의 법칙처럼 필연적인 것이 운명이다.

어제 만났던 건장한 사람이 하룻밤 사이에 교통사고로 세상을 떠나는가 하면 암 말기로 병원에서 포기했던 사람이 깨끗하게 회복된 경우도 있다. 이런 일이야 우연이지 어떻게 필연이라고 말할 수 있겠는가?

내 대답 역시 필연이다. 적어도 마음의 눈으로 보았을 때 그렇다는 것이다. 원인은 마음이 만들고 결과는 육체로 나타나니 우리의 이해가 거기까지 미치지 못하고 있을 뿐이다.

그렇게 마음의 세계는 함부로 열어볼 수 없도록 틀이 잘 짜여져 있다. 생각해 보자. 만일 모든 사람들이 마음의 눈이 열려 상대방의 마음을 읽을 수 있다거나 내일 일어날 일이나 1년 후의 운명을 미리 알 수 있다면 어떻게 되겠는가? 이 세상은 순식간에 질서가 무너지고 시계도 교통신호도 소용없는 대혼란이 일어날 것이 분명하다. 운명은 마음의 법칙에 따라 필연적으로 전개되는 것인 만큼 마음의 법칙에 따라 바뀔 수 있는 것이 또한 운명이다. 다만 이쪽이 정한 계획과 그릇의 차이에 따라 상한선이 있기야 하겠지만….

나는 평생 동안 '법 없어도 살 사람'이란 말을 들으면서 살았다. 내 겉모습을 보면 누가 보아도 평생을 평온하게 살았을 것이라고 말한다. 그러나 겉보기와는 달리 내가 걸어온 인생 역정은 험난한 파도를 헤쳐 가는 거룻배 같은 운명이었다.

그 험난한 인생의 과정에서 기독교와 불교가 위로와 도움이 된 것은 사실이지만 종교가 내 근본적인 고통을 풀어주지는 못했다. 지금 생각해보면 인생에 대한 내 회의의 뿌리가 너무나 깊었던 것 같았다.

그때 우연히 읽게 된 다카하시 신지(高橋信次)의 저서를 통해서 내 인생은 크게 바뀌었다. 인간의 육체는 인생의 바다를 항해하는 배에 불과하다. 영혼은 육체라는 배를 타고 가며 선장은 영혼이다. 영혼은 신의 분신이며 그 분신은 이승 저승을 왕래한 긴 윤회과정의 기록들을 잠재의식 속에 낱낱이 녹화해둔 엄청난 지혜의 보고라는 것도 그를 통해서 알았다.

나는 그의 가르침을 통해 비로소 인생에 대한 회의와 고통의 어두운 터널에서 빠져 나올 수 있었다. 불경의 난해한 부분도 스스로 풀리게 되었다.

그리고 파란만장한 내 운명도 내 스스로가 엮어낸 필연적인 결과였음을 깨닫게 되었다. 내 삶은 새로운 전기를 맞게 되었다. 나는 마침내 오랜 휴면의 시간에서 깨어나 시도 썼고 글도 썼다. 그 글들은 두 권의 책이 될 정도의 분량이었지만 책을 출간하는 데는 많은 용기가 필요했다.

소크라테스 · 석가 · 예수는 책을 남기지 않았다. 입을 열면 진언(眞言)이었으며 붓을 들면 명문장이었던 다석(多夕) 유명모도 글쓰는 일을 아꼈고, 저서도 남기지 않았다. 경주가 낳은 해동 제일의 거학 김범부(金凡父)도 책 한 권 쓰지 않았다. 앎의 분량이나 얼의 밝기가 그런 어른들의 그림자 꼬리만도 못한 주제에 감히 흉내 꼴의 글 조각들을 들고 나와 책이랍시고 세상에 내놓다니!

하지만 용기를 내서 글을 썼고, 책을 내는 이유가 있다. 세상에는 말씀이 있고, 그 말씀을 전달하는 심부름꾼이 있게 마련이다. 세상이 시끄럽고 어지러울수록 말씀의 비중은 크고 심부름꾼의 흘린 땀 또한 크다는 것은 역사에서 읽을 수 있는 바와 같다.

거의 5백년에서 1천년 주기로 찾아오는 가치관의 전도(顚倒), 마음의 상실이 지금 우리 현실을 흔들고 있다. 이때 시급한 것은 신불(神佛)에 매달리는 구걸행위가 아니다. 자신의 내면에 있는 신불의 빛을 밝혀내는 일이다.

석가·예수는 인류를 구제하러 온 것이 아니었다. 이미 구제되어 있는 인간의 자성을 깨워주기 위해서 강림했던 것이다. 그들처럼 다카하시 신지도 이 세상을 다녀갔다.

다카하시 신지는 타력신앙에 빠진 종교 현실을 질타하며 불교의 원점, 기독교의 원점으로 돌아가기를 강조하였다. 붓다와 그리스도의 가르침이 결국 동일선상의 같은 신리(神理)임을 물리학적 해석과 합리적인 설법과 영적 현상으로 여지없이 밝혀 주었다. 마음의 실상도 도식으로 밝혔고, 마음과 육체, 마음과 우주와의 관계도 구체적으로 밝혀 거기에 인간의 길이 있음을 제시하였다.

이 책을 펴내면서 한 가지 소망이 있다면, 그것은 인류가 낙원 건설의 꿈을 안고 지구상에 처음 내려왔을 때의 태초의 인간으로 우리가 돌아갔으면 하는 것이다. 이 마음은 인종·민족·종교를 초월한 인류의 공통분모이자 불변의 뿌리이기도 하다.

김해석

철학자의 말

삶

- 거의 모든 사람이 오래 사는 것을 바라지만 훌륭한 삶을 바라는 것은 극소수 뿐이다. -J.휴스
- 건강에 대한 염려는 삶의 최대 장물이다. -플라톤
- 고독은 삶에 대한 두려움에 불과하다. -F. 오닐
- 고통과 죽음은 삶의 일부다. 고통과 죽음을 거부하는 것은 삶 자체를 거부하는 것이다. -H. 엘리스
- 고통은 삶이다. 고통이 심할수록 삶의 증거는 더욱 많은 것이다. -C. 램
- 근면이 없는 삶은 죄악이고, 예술이 없는 근면은 야만이다. -러스킨
- 노동은 삶의 법칙이자 가장 좋은 결실이다. -L. 모리스
- 대부분의 사람은 자신의 삶의 의미에 관해 질문하지 않는다. 아무도 질문하지 않으면 아무도 대답할 필요가 없다. -융
- 모든 욕망의 무한한 충족은 삶의 가장 매력적인 방법으로 보이지만 조심성보다는 향락을 앞세우는 것이고, 곧 처벌을 자초하고 만다. -프로이트
- 모든 일에 대한 싫증은 삶에 대한 싫증을 일으킨다. -키케로
- 모든 행동을 인생의 마지막 행동인 듯이 한다면 편안한 삶을 누릴 것이다. -아우렐리우스
- 반성이 없는 삶은 무가치하다. -소크라테스
- 불평 없이 일하자. 삶을 참고 견디는 길은 그것뿐이다. -볼테르
- 사람의 말은 그의 삶과 같다. -소크라테스

- 삶에 풍미를 첨가하는 것은 노동이다. -아미엘
- 삶을 해치는 엄숙한 태도를 버리고 쾌활한 성격을 길러라. -세익스피어
- 삶의 가장 결정적인 행동은 심사숙고하지 않은 행동인 경우가 많다. -지드
- 삶의 기술은 고통을 피하는 기술이다. -제퍼슨
- 삶이 충실하면 인생은 길다. -세네카
- 성장은 삶의 유일한 증거이다. -J. H. 뉴먼
- 신앙은 삶의 힘이다. -톨스토이
- 아무것도 모르는 상태에 가장 달콤한 삶이 있다. -소포클레스
- 오로지 건강만이 우리의 시간, 땀, 수고, 재산뿐만 아니라 생명마저도 바칠 가치가 있는 것이다. 건강이 없다면 삶은 고통스럽고 지겨운 것이다. -몽테뉴
- 유머가 전혀 없다면 삶은 불가능하다. -콜레트
- 이성은 우리를 구원할 수 없지만 삶의 잔인성은 완화할 수 있다. -P. 리프
- 인간의 삶이란 외롭고 초라하고 비열하고 잔인하고 짧은 것이다. -홉스
- 인간의 자연적 수명은 짧지만 훌륭한 삶의 기억은 영원하다. -키케르
- 일반 대중은 고요한 절망의 삶을 계속한다. -H. D. 소로
- 정열과 삶의 원천은 우리 내면에 있다. 그것을 바깥에서 얻기를 바라서는 안 된다. -S. T. 콜리지
- 좋은 사회란 그 구성원들의 행복한 삶을 위한 수단이다. -러셀
- 즐거움은 행복한 삶의 시작이자 끝이다. -에피쿠로스
- 지식이 없는 삶은 죽음의 그림자에 불과하다. -몰리에르
- 착한 사람은 자신의 삶을 두 배로 늘인다. 과거를 즐겁게 회상할 수 있다는 것은 인생을 두 번 사는 것과 같기 때문이다. -마르티알리스
- 천한 사람과 훌륭한 인물은 가문이 아니라 각자의 삶과 순수한 마음으로 구별된다. -호라티우스
- 행복한 삶의 본질은 근심에서 벗어나는 것이다. -키케로
- 행복한 삶의 지속은 전적으로 정신의 지배를 받는다. -세네카

죽음

- 가끔 마시는 약간의 독약은 즐거운 꿈을 주지만 많은 독약은 결국 죽음을 초래한다. -니체
- 가장 비참한 죽음도 가장 편안한 노예 신세보다 낫다. -세네카
- 고통과 죽음을 거부하는 것은 삶 자체를 거부하는 것이다. -H. 엘리스
- 깊은 잠은 죽음의 사촌이다. -T. 색빌
- 노년기는 죽음에 포위된 섬이다. -몬탈보
- 노동을 마친 뒤에 잠을 자는 것, 태풍을 뚫고 항구에 정박하는 것, 전쟁이 끝난 뒤 찾아오는 평온함, 일생을 마친 뒤에 죽는 것은 큰 기쁨이다. -H. 스펜서
- 두려운 것은 죽음이나 고통이 아니라 그에 대한 두려움이다. -에픽테투스
- 모든 이별은 죽음을, 모든 재회는 부활을 미리 맛보게 한다. -쇼펜하우어
- 무식한 사람의 삶은 죽음이다. -세네카
- 바보와 현자는 출생과 죽음은 같지만 인생 과정은 다르다. -T. 폴러
- 반드시 찾아오게 마련인 죽음을 사람들이 두려워하는 것은 세상에서 가장 이상한 일이다. -셰익스피어
- 사람은 어떻게 죽느냐가 아니라 어떻게 사느냐가 중요하다. 죽음은 너무나도 짧은 순간이라서 죽는 행위는 중요하지 않다. -S. 존슨
- 싸우다 죽는 것은 죽음을 가지고 죽음을 없애는 것이며 죽음을 두려워하는 것은 죽음의 노예가 되는 것이다. -셰익스피어
- 어려움으로부터 도피하는 것은 비겁한 것이다. 자살이 죽음을 무릅쓰는 것은 사실이지만 그것은 고상한 목적을 위한 것이 아니라 어려움으로부터 도피하는 것이다. -아리스토텔레스
- 어린애들이 캄캄한 곳에 가기를 무서워하듯 사람들은 죽음을 무서워한다. -베이컨

- 육체보다 영혼을 치료하는 것이 더욱 필요하다. 그것은 올바르지 못한 삶보다 죽음이 더 낫기 때문이다. -에픽테투스
- 인간의 일생의 끊임없는 노동은 죽음의 집을 짓는 것이다. -몽테뉴
- 인간의 모순이 심할수록 죽음은 더욱 견디기 힘들어진다. -사르트르
- 인생이란 죽음을 향한 여행이다. -세네카
- 자랑스러운 삶이 불가능할 때는 자랑스러운 죽음을 택해야만 한다. -니체
- 잠은 죽음과 쌍둥이지만 죽음을 모른다. -테니슨
- 죽음은 고생과 불운에서 벗어나 쉬는 것이다. -키케로
- 죽음은 공평한 운명이며 선한 자와 악인이 다 함께 쉬는 여관이다. -H. 스펜서
- 죽음은 사람의 나이도 업적도 무시한 채, 병든 사람과 건강한 사람, 부자와 가난한 사람을 모두 지상에서 휩쓸어 버리며, 우리에게 죽을 준비를 하면서 살아가라고 가르친다. -A. 잭슨
- 죽음은 죽는 자보다도 살아남은 자들에게 더 중요한 문제다. -토마스 만
- 죽음은 불행 가운데 가장 큰 것이 아니다. 죽기를 원하면서도 죽을 수가 없는 것이 죽음보다 더 나쁘다. -소포클레스
- 죽음을 두려워하지 않는 척하는 자는 모두 거짓말쟁이다. -루소
- 죽음을 무턱대고 두려워하는 것에 대한 합리적 치료법은 결국 삶을 정당하게 평가하는 것이다. -해즐릿
- 죽음이 사람을 울린다고 하지만 사람은 잠을 자면서 인생의 3분의 1을 보낸다. -바이런
- 죽음이란 없다. 오직 죽어가는 내가 있을 뿐이다. -A. 말로
- 철학자의 일생은 죽음에 대한 준비다. -플라톤
- 하루는 다른 하루에 밀려서 사라지고 그 초승달은 자기 죽음을 향해서 달려간다. -호라티우스
- 행복하게 살았다고 말할 수 있는 사람, 자기 생애에 대해 만족한 채 만족한 손님처럼 이승을 떠날 수 있는 사람은 매우 드물다. -호라티우스

사람에게는 누구나 자유롭고 완벽한 영혼이 있다.

이 영혼은 인간의 근본이며 우주를 움직이는 원동력이다.

제1장

내 영혼은 누구인가

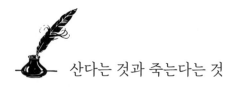 산다는 것과 죽는다는 것

나는 누구인가? 내가 살고 있는 이 세상은 도대체 무엇인가? 그리고 나는 왜 이 세상에 태어나 살다가 죽는 것일까? 내가 영혼과 육체의 절묘한 결합으로 이루어졌다면 영혼이란 무엇이며 또 육체란 무엇이란 말인가?

그리고 왜 사람은 80, 90, 100년만 살다가 죽어야 하는 것일까? 죽음이란 도대체 무엇이기에 사람들이 두려워하는가? 우리는 육체의 잔해를 버리고 죽으면 과연 영혼은 어디로 가는 것일까?

아마 살면서 그런 의문에 시달려 보지 않은 사람은 아무도 없을 것이다. 나 역시 지금까지 그런 깊은 회의 속에서 삶의 정체성을 밝혀내기 위해 오랜 방황의 시기를 보낸 적이 있었다. 그러나 그 의문은 좀처럼 풀지 못했다. 그러나 나는 마침내 그 모든 인생의 의문과 회의를 '20세기의 신화적인 인물 다카하시 신지'의 정법(正法)이론을 통해서 마치 마법의 신기에서 풀려나듯 이해를 했을 뿐만 아니라 확신을 갖게 되었다.

지금부터 나는 내가 회의에 빠졌던 것과 똑같이 회의에 빠졌을지도 모를 독자들에게 삶과 죽음의 근본 해제를 다카하시 신지의 정법이론을 통해서 제시해 보이겠다.

먼저 독자들은 이 글을 읽기 전에 두 가지 사실을 인정해야 한다.

첫째 '나는 반드시 죽는다'는 사실을 인정해야 한다. 죽는 것이 어디 인간의 생명뿐이랴. 이승에 나타난 형체 있는 것은 모두 시시각각으로 변하며 언젠가는 무너지고 반드시 사라진다. 성경에는 '너희는 흙에서 나왔으니 반드시 흙으로 돌아갈지니라'라고 기록되어 있다. 이것이 붕괴 소멸의 법칙이자 제행무상(諸行無常)의 법칙이다.

둘째 '나는 이 세상을 원하는 대로 살 수 없다'는 사실을 인정해야 한다. 사람은 내 뜻과는 달리 늙고 병들어 죽어야 한다. 우리는 사랑하는 사람과 헤어져야 하며 미운 사람과 함께 살아야 한다. 돈과 권력과 명예도 내 뜻대로 손에 잡을 수가 없다. 비록 그것들을 잡았다 해도 오래가지 않는다. 그리고 죽을 때는 그것들처럼 허무하고 무력한 것이 없다. 물론 저 세상으로 가져갈 수도 없다. 그것이 불수(不隨)의 법칙, 즉 진리의 대도에 자아가 끼어들 수 없다는 제법무아(諸法無我)의 법칙이다.

이제 우리는 그 두 개의 사실을 인정했다. 그렇다면 우리는 모든 결론을 뒤로 미루고 지금부터 다카하시 신지가 자신의 정법이론을 통해서 우리에게 일러주고 있는 진리, 끈질긴 탐구와 과학적 접근과 신비한 영적 체험을 통해 밝혀낸 신리(神理)를 알아야 한다. 그리고 그 전에 우리는 도대체 그가 어떤 사람인지 그의 출생과 경력을 알아야 할 필요가 있다.

 내 영혼의 스승이 있다

다카하시 신지는 1927년 9월 21일 일본의 나가노현 사꾸(佐久)의 한 농가에서 10남매의 둘째아들로 태어났다. 10살 때 6개월간 원인 모를 병에 걸려 매일 영혼의 유체이탈을 체험한 후, '또 하나의 나'에 대한 깊은 회의와 명상으로 탐구의 세월을 보낸 끝에, 마침내 득도의 경지에 올라 마음의 눈이 열렸으며 전생과 현생과 후생의 삼세(三世)를 모두 꿰뚫는 완벽한 아포로키티슈파라의 경지, 즉 관자재보살(觀自在菩薩)의 영적 경지에 이르게 된다.

그는 이후 현세에 사는 전생의 인연들을 만났다. 전설의 대륙 아틀란티스 시대에서부터 고타마 붓다의 인도시대, 가까이는 예수가 살던 이스라엘 시대의 연생의 인연들을 만나기도 했다. 그는 대중 집회와 강연을 통해 인간의 영혼과 그 실체에 대한 설법으로 많은 사람들에게 커다란 충격과 감동을 안겨주었다.

다카하시 신지는 불교에서 말하는 육신통(六神通)을 장악하여 강연 때는 청중들의 마음을 모두 꿰뚫어 보고 설법을 하여 사람들을 놀라게 했으며 강연 도중 흘리는 땀들이 금으로 변해 떨어지는 기적을 발현하기도 했다. 그것은 4차원의 세계인 천상계의 빛 에너지가 3차원의 세계인 이 지상에서 물질화하면 금이 된다는 것을 실증적으로 보여주는 것이었다. 이것은 실제로 불교의 도금불사(鍍金佛師)와 연관되는 말로 불상을 도금하는 이유를 알만하다.

현재 일본에는 다카하시 신지의 땀이 변한 금을 보관하고 있는 사람들이 있다. 오사카에 살고 있는 내 친구 한 사람도 그것을 액자에 넣어 벽에 걸어놓고 있다.

다카하시 신지가 세상을 떠날 때까지 측근에서 직접 지도를 받았던 제자 가운데 한 사람인 구찌키 씨는 1996년 3월에《붓다의 가르침》이란 책을 출간했다. 그 책에는 〈스승의 얼굴〉이란 제목의 짤막한 글이 실려 있다. 다카하시 신지가 어떤 분이었는가는 구찌키의 직접적인 체험을 쓴 글을 소개함으로써 이해를 돕기로 한다.

'1973년 10월 9일 스승과 함께 간또(關東)지방에서 나를 포함해서 5명, 간사이(關西)지방에서 남자 5명, 여자 4명, 모두 14명이 오사카의 Y씨 별장을 빌려, 스승을 모시고 반성과 참선의 지도를 받았을 때의 일이다.

오후 2시부터 스승님의 지도가 시작되었다. 6시경에 즐거운 저녁식사를 마치고 7시부터 스승의 경연이 있었고, 8시 30분부터 휴식시간을 가졌다. 저마다 대화를 나누는 홀가분

한 시간이었다. 이때 나는 수개월 동안 스승에게 물어보기를 망설였던 의문을 지금이야말로 좋은 기회다 싶어, 그만 입을 열고 말았다.

"선생님 묻고 싶은 말이 있습니다."

"예, 염려 말고 어서 말씀하세요."

"석존은 어떤 얼굴이셨으며 어떤 모습으로 계셨습니까?"

그러자 대답이 없다. '묻지 말아야 했던 말이었나?' 순간 그런 생각이 들었다. 정말 그랬다.

한참 만에 대답이 나왔다. 엄숙한 어조였다.

"그것을 알아서 어쩌자는 겁니까?"

그리고는 아무 말씀도 하지 않으셨다. 이런 당혹스런 일이 어디 있는가. 참으로 난처한 입장에 처하고 말았다. 그러자 스승께서는 어쩔 수 없다는 표정으로 가까스로 다음과 같이 말씀하시는 것이었다.

"그것은 나보다 당신이 더 잘 알고 있지 않습니까?"

그런 말씀을 들었지만 나는 캄캄절벽이어서 다시 한번 당혹스런 꼴이 되고 말았다.

"이리로 와 보세요."

스승은 자리에서 일어났다.

"여기 앉아 보세요."

"네."

스승의 입술이 열리는 순간 내 의식은 2천5백여 년 전 마가다국으로 시간 여행에 빠지고 말았다. 그곳에 그리운 석존의 모습이 있었다.

"붓다, 참으로 오랜만에 뵙겠습니다."

나는 당시의 붓다에게 최고의 예를 올렸다. 눈물이 폭포수처럼 흘러내렸다.

이 이야기를 믿거나 안 믿거나 스승의 모습은 석존의 모습 그대로였던 것이다. 너무 불가사의한 일이었다. 그런데 그 순간 스승과 나를 지켜보고 있던 사람들이 모두 큰 소리를 내며 울기 시작했다. 그 장면은 한참동안 계속되었다.

"당신도 있었군요. 당신도… 모두들 여기서 만나게 되어 참으로 기쁩니다. 그때처럼 한 사람이라도 더 많은 중생을 위해서 노력합시다. 여러분 힘냅시다."

석존의 말씀이 끝나고 한참 만에 스승도, 참석자 전원도, 물론 나도 현세의 나 자신으로 되돌아왔다. 여기까지는 일본 말이 아니었다. 당시의 인도 말이었다.

"구찌키 씨, 참 잘 됐군요."

"네."

더 이상 할 말이 없었다. 수많은 금 조각들이 황금색을 발산하며 방바닥에 찬란하게 깔려 있었다. 불가사의하기 짝이 없는 일이었다. 몇 차례나 이런 광경을 목격했지만 불가사의하다는 말 밖에는 할 말이 없다.

스승님은 자신이 전생에 누구였다는 사실은 한 마디도 말한 적이 없었다. 그것도 나의 불가사의한 일의 하나다. 지난 과거의 여러 가지 일들이 새삼스럽게 되살아난다. 그것 또한 불가사의하기 짝이 없다.'

일본의 공학박사 사루이 씨는 다카하시 신지의 법력을 현장에서 직접 목격한 후에 〈믿을 수 없는 사실〉이란 제목의 글을 썼다. 그 글을 요약하면 다음과 같다.

나는 1967년 8월초에서 9월초 사이 인도네시아로 출장을 가서 그곳 자바섬의 금광을 조사한 적이 있었다. 조사단은 일본 측 광산 기사 6명, 인도네시아 광산국 기사 3명, 인도네시아 경찰관 40명으로 구성되었다.

부락에서 광산까지는 험한 산길이 7km나 된다. 산에는 멧돼지, 호랑이 같은 맹수가 나타났으며 열대지방의 무더위와 싸워야하는 어려움이 있었다. 그런 악 조건을 무릅 쓰고 우리는 스물다섯 곳에서 광석시료를 채취하여 일본으로 가져갔다. 자바섬에서 채취한 광석을 분석한 결과 고품질은 32.79g/ton, 저품질은 0.3g/ton, 단순 산술평균은 6g/ton이라는 결과가 나왔으므로 제2차로 탐사대를 파견할 필요가 있었다. 1970년 12월 11일 목요일 오후 3시 우리는 도쿄 아사쿠사의 야오키(八起)빌딩에 있는 다카하시 신지 선생을 찾아가서 광석 탐사에서 사용했던 광산 사진과 간단한 지도를 제시하면서 설명을 했다. 그러자 다카하시 선생은 마치 우리와 함께 인도네시아의 자바섬을 동행한 것처럼 "이 산은 이런 모양, 저런 모양이지요."하면서 지형과 산의 빛깔이며 광석의 종류까지 말씀하셨다.

더구나 선생은 지도를 보시고 우리가 탐사한 산 이외의 지역을 지적하면서 이 지점과 이 지점에도 몇%의 유망한 금광이 있다고 말씀하셨다. 우리는 그저 놀랄 따름이었다.(선생이 가리키는 곳은 우리도 현지 광산국 기사들과 예상을 하던 곳이었다.) 한참 후에 다카하시 선생은 지금 모세(다카하시 선생의 지도령)가 옆에 와서 금광에서 캐온 시금석을 원하면 당장 물질화해서 그 자리에서 보여주겠다는 말을 전했다. 우리들은 놀라면서 꼭 부탁드린다고 간청했다.

선생은 남쪽을 향해 서서 합장하고 무슨 주문을 외우더니 잠시 후에 합장한 손을 얼굴까지 올린 순간, 선생의 손에서 세 개의 광석이 땅에 떨어져 땡그르르 하는 소리를 냈다. 우리들은 그 현장을 직접 목격하고 망연자실할 뿐이었다.

다카하시 신지 선생은 덧붙여 말씀하시기를 그 금광은 일본돈으로 약 1억엔. 일본인 기술자 약 10명, 현지인 약 50명, 기타 발전기 채굴용 트레이너, 쇼벨 등을 준비하면 개발이 가능하다고 말씀하셨다.

이처럼 인도네시아의 산맥으로부터 직접 채취된 시금석이 그 방안에서 직접 물질화된 현상에 대해서는 선생 자신도 놀란 것 같았다. 단지 걱정되는 점은 이 물질화된 광석 속에 과연 금이 함유되어 있을까 하는 것이었다.

　나는 그 광석이 현지에서 가져온 것과 똑같은 것이므로 그 안에 반드시 금이 함유되어 있다고 설명하고 그 자리에서 나왔다. 하지만 나 자신도 반신반의 상태여서 광석을 실물크기의 칼라 사진으로 촬영하여 증거로 남겨둔 후 동경 통상국에 분석을 의뢰했다.(내 사무실에서도 분석이 가능했지만 일부러 공공단체에 의뢰했다.) 그 결과 한 개는 27.5g/ton 나머지 한 개는 증거품으로 내 사무실에 보관해두고 있으므로 필요하면 언제라도 보여줄 수 있다.

　지면 관계상 여기서 더 이상 자세히 설명하지 않겠지만 이런 사실이 있었다는 것은 증인도 있고, 증거품도 있으니 인정할 수밖에 없는 일이다. 과학 기술이 아무리 발전해도 영혼의 세계(천상계)가 있다는 것을 부정할 수 없다는 것이 내 마음이다. 이 글에 대해서 의견이나 질책이 있다면 기꺼이 응하겠다.

- 다카하시 신지의 편저《천자의 재래》중에서 인용

　다카하시 신지의 수많은 강연과 영적현상은 그의 저서, 비디오, 카세트에 수록되어 언제든지 볼 수가 있다. 하지만 그는 기적을 앞세우지 않고 오히려 영적능력을 경계의 대상으로 삼으며 시종일관 정법생활의 실천을 요구했다.

　다카하시 신지는 군 복무시절에는 전투비행사로 활약했

으며 전후에는 다시 대학에 입학하여 물리 화학을 전공한 과학도로 극미의 세계와 극대의 세계가 어떤 연관성을 가졌는지 탐구했으며 그것이 우리 인생과 어떤 관련이 있는 가를 규명하는데 힘썼다.

그는 발명 특허권을 2백 개 가진 과학자였고, 컴퓨터 회사의 경영자이기도 했지만 그의 관심과 근본은 궁극적으로 신의 진리를 규명하여 인간이 이 지상에서 어떻게 조화롭고 바르게 살 수 있는 가를 역설하는데 있었다.

그는 불교와 기독교는 초기의 붓다 시대와 예수 시대의 가르침으로 되돌아가야 한다고 역설하면서 현대의 종교는 너무 지식화 되어 있고, 인간의 의지가 가미되어 왜곡되어 있으며 타력 신앙으로 떨어졌다고 지적했다.

그는 또한 절이나 예배당에 가서 기도하는 것이 신앙의 자세가 아니라고 지적하면서 종교가 필요 이상으로 조직을 비대화, 상업화 되는 것에 반대했으며, 종교 단체가 공양이나 헌금을 강요해서는 안 된다고 했다. 가난한 중생들의 호주머니를 턴 재물로 신전이나 불당을 짓고, 그것을 부처님이나 하느님의 뜻이라고 말하는 종교는 가짜다. 불과 5%에 지나지 않는 종교 지도자들이 사리사욕을 위해서 95%의 힘없는 중생들이 희생되어서는 안 된다고 현대의 종교적 물신주의와 권위적인 제도를 비판했다.

그는《마음의 발견》《마음의 원점》《반야심경》《악령》《인간석가》 등 많은 명저를 남겼다. 지금은 그의 딸 다카하시 게이코가 GLA(God Light Association, 다카하시 신지가 창시)의 법통을 이어받아 정법 신리(神理)를 구체화하여 중생들을 지도하고 있다.

그것은 자신이 이 세상에서 풀어야 할 업장(성격적인 결함)을 알아내고 소멸하는 방법을 구체적으로 제시하여 숙명의 동굴에서 벗어나 사명의 세계로 인도하는 일이다.

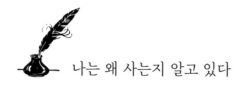

나는 왜 사는지 알고 있다

나는 10년의 교직 생활을 청산하고 개인 사업을 시작했다가 실패한 후, 역경의 늪에 빠져 오랜 고통의 세월을 보냈다. 그동안의 모든 고통은 인내로 버틸 수 있었지만 무엇보다 견디기 힘들었던 것은 '나는 왜 사는가?' '죽음이란 무엇인가?' 등 심각한 철학적 의문과 회의에서 헤어나지 못했던 일이었다.

나는 그 의문을 풀기 위해 온갖 노력을 다 했다. 사주 관상을 공부하고 최면술에 빠져보기도 했으며 요가나 선(仙)에 심취해보기도 했고, 천도교, 증산교, 기독교, 불교 등 온갖 종교를 찾아다니며 존재의 근원적인 의문에 대한 해결을 찾아보았지만 늘 마음속에 남아있는 의문의 앙금은 좀처럼 풀리지 않았다.

더구나 나는 오래 전부터 청마 유치환(靑馬 柳致環) 선생님을 스승으로 모시고 시를 썼기 때문에 시를 통해 자아와 존재, 삶에 대한 뿌리 깊은 의문에 대해 탐색 작업을 계속하고 있었다. 그 과정에서 만학으로 물리치료사 자격을 얻어 삶의 기틀을 마련하고 있었다. 그러던 어느날 뜻밖에도 놀라운 기회가 찾아왔다. 내 치료실에 찾아온 한 사람이 내게 책 한 권을 건네주고 간 것이다. 제목은 일본어판 다카하시 신지의 《마음의 발견》이라는 책이었다. 그 책을 읽는 순간 나는 첫 장부터 빨려들고 말았다.

'우리의 육체는 언젠가는 멸망한다.' 첫 장 첫마디부터 나를 충격으로 몰아갔다. 나는 밤새워 그 책을 읽으면서 눈물을 흘렸다. 나는 일찍이 책을 통해 그처럼 큰 감동과 충격을 받은 적이 없었다. 나는 책을 읽는 동안 가슴 속에 응어리로 남아있던 삶에 대한 모든 회의며 의문이 안개처럼 순식간에 걷혔다.

내가 그토록 찾아 헤매던 이 우주와 인간의 실상, 신과 인간과의 관계, 인간 구제의 완벽한 원리에 나는 마치 감전된 것처럼 큰 충격을 받았다. 그 책은 우리가 살면서 갖게 된 존재의 근원적인 의문, 곧 나는 왜 이 세상에 태어나서 살다가 죽는가. 그리고 죽은 후의 내 영혼은 어디로 가는가. 바로 그 의문에 대한 확실한 답변을 합리적인 논리와 과학적인 해석과 영적 현상을 통해서 밝혀주었다.

물론 나는 그의 이론이 모든 사람에게 나와 똑같은 감동과 충격을 줄 것이라고 생각하지는 않는다. 왜냐하면 철학이론은 내용에 따라 받아들이는 사람마다 강도가 다르고, 사람마다 감수성이 다르며, 지식의 갈래와 수준이 천차만별이기 때문이다.

더구나 사람마다 얼굴 모양이 모두 다르듯이 영혼의 수준은 얼마나 다른가. 그런 관점에서 보면 다카하시 신지의 영혼이론은 나처럼 감동과 충격의 계기가 될 수 있는 분도 있고, 혹시 어떤 분은 그 이론이 황당무계한 귀신의 잠꼬대가 될 수도 있다. 그러나 내가 한 가지 자신하는 것이 있다.

사람에게는 누구나 마음이라는 것이 있다. 마음이 개성을 지닐 때 영혼이라고 말한다. 영혼은 모든 것의 으뜸이자 근본이라는 것이다. 영혼은 우리에게 막연히 추상적인 개념으로 존재하는 것이 아니라 완벽하고 실제적인 존재로 우리 몸 안에 자리 잡고 있다. 뿐만 아니라 영혼은 바로 대우주와 소우주, 만생만물의 근본이라는 사실이다.

그의 영혼론은 그 책을 통해서 내게 전해준 유호문 씨 역시 나와는 먼 전생에서 맺어진 필연적인 인연의 실마리였음을 부인할 길이 없다. 왜냐하면 나는 윤회를 통해서 그를 이 세상에서 다시 만나게 되었으며 그것이 내가 그로부터 전해 받은 한 권의 책을 읽고 흘린 눈물의 뜻과 통하고 이해할 수 있었기 때문이다.

나는 이미 세상을 떠난 다카하시 신지를 마음의 스승으로 모시고 그의 가르침을 좇고 그의 뜻을 이어 받으려는 나의 줄기찬 노력은 지금도 계속되고 있으며, 앞으로도 그이 정법신리(神理)는 내 삶의 절대적인 명제와 좌우명이 될 것이다.

왜냐하면 나는 그를 통해서 마음의 실상을 구체적으로 알게 되었다. 우주가 하나이며 지구가 하나이듯 진리도 하나이며 인류도 하나라는 것을 알았기 때문이다.

따라서 마땅히 종교도 과학도 하나이며 사랑을 강조한 예수와 자비를 편 붓다도 한 형제라는 사실을 확인할 수 있었기 때문이다.

이제 나는 모든 종교를 초월하여 인간의 길은 오직 하나라는 것을 애써 강조한다. 그리고 신의 진리를 깨달아 실천하면서 내 인생은 비로소 지루하고 고통스러웠던 번데기 잠에서 깨어나 하늘을 나는 빛의 나방처럼 영혼의 자유를 되찾게 되었다.

이제 내가 앞으로 해야 할 일은 그분의 진리의 강연을 통해서 많은 사람들에게 전하는 일이다. 다카하시 신지의 인생관과 세계관, 우주관을 독자들에게 그대로 전하는 일을 남은 사명감으로 삼을 것이다.

물론 이에 앞서 나 스스로가 육도윤회의 숙명의 늪에서 빠져 나와 사명의 에너지로 충전할 일이 당연한 과제임은 두말할 나위가 없다. 그리고 영혼의 형제들 앞에 부끄럽지 않는 귀가를 해야 하지 않겠는가.

우리는 왜 잠을 자야 하는가?

어린이는 모든 것이 궁금하다. 하늘의 별은 왜 떠있는지, 별들은 왜 반짝이는지, 토끼는 어디서 태어나는지, 비행기는 어떻게 하늘을 날 수 있는지, 일일이 열거하자면 끝이 없다. 어린이는 이 세상을 살기 위해 궁금한 점들을 하나씩 본능적으로 파악해나갈 준비를 시작하는 것이다.

어른들이 눈에 보이는 세계만 인정하고 욕심대로 살아가는 것에 비하면 어린이의 관심 사항은 현상 뒤에 숨은 눈에 보이지 않는 세계가 더 궁금한 것이다. 그 이유는 어린이들의 마음에 구름이 끼지 않았기 때문이다.

내가 어렸을 때 가장 궁금한 것은 왜 밤이 되면 잠을 자는가? 잠을 자면 왜 꿈을 꾸는 것일까? 바로 그 두 가지였다. 그런 의문 속에서 낮과 밤이 계속 이어지면서 나는 아침에 눈 뜨고 밤이면 자는 일을 계속하고 있었다. 내가 잠에 관해서 큰 관심을 갖게 된 배경에는 한 가지 잊지 못할 사건이 있었기 때문이다. 내가 4살 때였다. 마당에서 놀다가 방에 들어갔더니 어머니는 돌아가신 상태였다. 나는 엄마! 엄마! 하고 계속 큰 소리로 어머니를 부르고 마구 흔들었다. 그러나 어머니는 계속 반응이 없었다.

나는 어린 마음에 어떻게 죽음이라는 생각이 들었는지 덜컥 겁이 나서 그만 울음보를 크게 터뜨리고 말았다. 내 울음소리에 어머니는 잠에서 깨어나 무슨 일이 일어났느냐고 놀란 표정을 지었다.

"난 엄마가 죽은 줄 알았어!"

어머니는 내 말을 듣고 어이없이 웃기만 하셨다. 그 사건 이후 나는 밤이 무서워지기 시작했다. 밤만 되면 가족들이 모두 죽어버리고 집안이 일시에 조용해져버렸기 때문이었다. 아버지도 어머니도 형도 누나도 둥지 속의 닭들도 마당의 개도 한꺼번에 모두 죽어버렸다.

나는 밤이 무서워서 잠들지 않으려고 필사적으로 노력했다. 지금 생각하면 어처구니없는 몸부림이었지만 어쨌든 나는 매일 밤 어머니가 잠들지 않도록 팔을 붙잡고 떼를 썼다. 어머니만은 나와 함께 깨어있어야 된다고 생각했던 것이다.

그렇게 실랑이를 하다가 나 역시 어느 덧 잠이 들었고, 다음날 아침에는 아무 일도 없다는 듯이 다시 일어나곤 했다. 다시 깨어난 아침에는 내가 다시 태어났다는 느낌이 들어서 살아있다는 것이 그렇게 반갑고 신기할 수가 없었다.

그때부터 나는 틈만 나면 어른들에게 '사람은 왜 자는가?' 물었다. 그러면 어머니는 물론 모든 어른들은 내게 꿀

밤을 주면서 '밤이 되면 잠이 오니까 자는 것이지 그게 뭐가 궁금하냐.'고 말했다. 오히려 쓸데없는 일에 신경을 쓴다는 편잔만 들었을 뿐이었다.

그 후 나는 아홉 살이 되어서야 초등학교에 입학했다. 학교까지는 십리 길이었다. 어린 나는 몸이 허약했기 때문에 부모님들은 나를 두 해나 늦추어 입학시켰다. 옛날에는 겨울에 눈이 많이 내렸다. 어떤 날에는 내 가슴까지 눈이 쌓일 정도로 많이 내린 날도 있었다.

눈 오는 날이 좋긴 했지만 등굣길은 고역이었다. 상급생을 쫄랑쫄랑 뒤쫓아 가는 통학길이 그렇게 힘이 들 수가 없었다. 그때 문득 하늘을 날아가는 새가 부러웠다. 나도 새처럼 날아갈 수 없을까?

참으로 엉뚱한 생각이었다. 나는 보자기로 날개를 만들어 높은 곳에서 뛰어내리는 시늉을 하곤 했었다. 그런데 어느 날 기적이 일어났다. 내가 골목길을 쏜살같이 달려가다가 높이뛰기를 하듯이 도움받이 발로 꽝하고 땅을 차고 솟구치자 이게 웬일인가 내 몸이 하늘로 붕 뜨는 것이 아닌가.

나는 마치 물속처럼 공중에서 손발로 자맥질을 하면서 하늘을 자유자재로 비행하고 있었다. 솔개처럼 천천히 맴돌기도 하고 제비처럼 날렵하게 날기도 하면서 신명나게 날아다녔다. 그 순간 잠에서 깨어났다. 꿈이었다.

세상에 이런 허망한 일이 어디 있을까? 꿈이 몹시 아쉬웠다. 그 꿈을 다시 맛보기 위해 억지로 잠을 청하기도 했다. 현실에서 이루어질 수 없었던 비상의 소망이 꿈에서는 단숨에 이루어졌다.

그렇다면 사람은 왜 잠을 자는 것이며 잠을 자면 꿈은 왜 꾸는 것인가? 꿈은 도대체 무엇이란 말인가? 이 두 가지 의문은 다카하시 신지의 저서와 강연을 통해서 불혹을 넘긴 나이에 비로소 풀렸다. 나는 최근 제자들의 모임에 강연 초청을 받고 서두에 한 가지 질문을 던졌다.

"사람이 살아가는데 가장 필요한 것이 무엇이지요?"

그랬더니 여러 대답이 나왔다. 그래서 나는 질문을 다시 요약하여 선택하도록 해주었다.

"그럼 광물과 식물과 동물 가운데 가장 중요한 것은 무엇입니까?"

그러자 대부분의 제자들이 식물을 지적했다. 우선 곡식과 채소를 꼽은 것이다. 그러나 삶의 생존에 가장 필요한 우선순위는 첫째도 광물질이며 둘째도 광물질이다. 사람의 삶의 조건 가운데 가장 긴급한 필요충분조건은 첫째가 공기, 둘째가 물이다. 공기와 물은 모두 광물질에 속한다.

첫째, 공기가 없으면 우리는 단 1분을 견디지 못한다.

둘째, 물을 못 마시면 사람은 7일이면 죽는다.

셋째, 음식을 섭취해야 살 수가 있다.

이렇게 사람의 생명유지에 가장 필요한 것은 순서대로 공기와 물과 음식이다. 이렇게 1분이면 목숨이 결단나고 일주일이면 목숨이 끊어지는 공기와 물이 공짜라는 사실에 사람들은 감사할 줄 모른다. 특히 한 달 쯤 굶어도 죽지 않을 음식을 위해 사람들은 살인까지 자행하고 있으니 얼마나 어리석은 존재인가.

그러나 우리는 여기서 또 한가지 중요한 사실을 잊고 있다. 숨을 쉬고 물을 마시고 음식을 먹기만 하면 사람은 살 수 있는가? 그렇지 않다. 생명을 유지하는데 이것들 보다 더 급한 것이 있다.

그것은 잠이다. 사람은 일주일동안 잠을 못자면 거의 죽는다고 한다. 신체 과학의 임상실험을 통해 사람이 일주일간 잠을 못자면 사흘째부터 정신분열증 현상을 보인다는 사실이 밝혀졌다. 따라서 생명을 유지하는 기간을 순위로 따지면 잠은 음식보다 더 긴급한 조건이 되는 셈이다.

'아니다. 달마대사는 잠을 안자고 면벽 9년을 버텼고, 성철스님은 선 채로 잠을 안자고 6년을 견디지 않았는가?'

그렇게 말하는 사람도 있을 것이다. 그러나 달마대사나 성철스님은 특수한 사람들이다. 그들은 일반사람들이 잠을 통해서 섭취하는 에너지를 참선 영통으로 섭취한 특수한 도인들이었다.

아무튼 보통 인간은 잠을 자야 산다는 것을 우리들은 인정해야 한다. 내가 어려서 그처럼 궁금하게 여겼던 잠은 이렇게 인간이 생명을 유지하는데 절대적인 요소였다. 사람은 빵만으로는 살 수 없다고 예수는 말했다. 잠이라는 행위를 통해서 우리가 섭취하는 에너지의 정체는 도대체 무엇일까? 그것을 나는 다카하시 신지를 통해서 비로소 깨닫게 되었던 것이다.

 꿈꾸는 자의 영혼

　사람은 두 개의 몸으로 구성되어 있다. 우리가 이미 잘 아는 대로 하나는 물질 차원의 육체(肉體), 또 하나는 정신 차원의 영체(靈體)이다. 눈에 보이는 육체와 눈에 보이지 않는 영체가 합쳐 우리 몸을 구성하고 있다.

　우리는 몸을 유지하기 위해 공기와 물을 마시고 음식물을 섭취한다. 활동하기 위한 에너지가 필요하기 때문이다. 그 에너지를 우리는 이 세상의 물질을 통해서 얻는다. 우리의 영혼 역시 존재하기 위해서는 에너지가 필요하다. 그러나 영혼의 음식은 육체의 음식과 같을 수가 없다.

　육체는 3차원의 색계(色界)에 속한 몸이기 때문에 그 에너지를 지상에서 섭취하지만 영혼은 4차원 이상의 공계(空界)에 속하기 때문에 그 에너지는 공계에서 섭취해야 한다.

　그렇다면 공계의 에너지란 무엇인가. 그것은 곧 정신(情神)이다. 우리는 정신을 신(神)의 에너지(精)라 부르고 있다. 동양의학에서는 그 에너지를 기(氣)라고도 한다.

　정신이 나가면 육체는 드러눕는다는 사실을 우리는 잘 알 수가 있다. 따라서 우리가 잠든 동안에는 정신, 즉 영혼이 나간 상태인 것이다. 때문에 우리는 잠자는 동안 그렇게 죽은 사람처럼 꼼짝 못하는 것이다.

그 상황을 자동차에 비유해 보면 사실 관계가 확실히 드러난다. 자동차는 운전기사가 있어야 움직인다. 차체가 육체라면 운전기사는 영혼에 해당한다. 운전기사가 없으면 차를 움직일 수 없는 것처럼 영혼이 없으면 몸은 움직일 수 없다.

자동차는 기름이 필요하다. 휘발유의 힘으로 차가 움직이는 것이다. 그러나 운전기사의 음식은 기름이 아니다. 운전기사는 식사를 하기 위해 승용차에서 내려야 한다. 운전기사가 내린 자동차는 움직일 수가 없다. 그때 자동차는 휴면 상태가 된다.

운전기사가 식사를 마치고 돌아와 시동을 걸면 자동차는 움직인다. 그와 똑같이 우리 몸 역시 육체의 운전기사인 영혼이 에너지를 받기 위해 몸에서 떠나 공계로 올라가 의식의 에너지인 정신을 공급받을 동안 우리 육체는 가사 상태, 즉 잠을 자게 되는 것이다.

우리가 자는 동안은 마치 주차장의 자동차가 동작을 멈춘 것처럼 우리들의 신경 역시 작동하지 않는다. 육체의 주인공인 마음이 돌아와 육체를 부리게 될 때 비로소 신(神)의 길(經), 즉 신경이 작동하게 되는 것이다.

사람은 잠이 들면 오관의 감각, 즉 표면의식의 신경이 작동하지 않으니 죽은 시체나 다름없다. 육체에서 영혼이 잠시 이탈한 것이니 수면은 일시적인 죽음이라고 말할 수 있다.

우리가 잠들어 있는 동안 영혼은 육체에 영자선(靈子線)이라는 줄로 연결되어 있어서 필요할 때는 언제라도 되돌아온다고 다카하시 신지는 말했다. 영자선이 잘려야만 죽는 것이므로 잠은 죽음이 아니다. 죽음은 육체와 영혼의 완전한 결별을 의미한다. 육체를 떠난 영혼은 고향으로 돌아가 실상계의 생활을 하게 된다.

잠을 죽음으로 여겼던 내 어린 시절의 생각은 정확했다. 우리는 하루를 일생처럼 사는 목숨이다. 낮에는 살았다가 밤에는 죽는 목숨이다. 더 정확하게 말하면 낮에는 이승에 살다가 밤에는 저승에 사는 목숨이다. 그래서 매일매일 충실한 하루의 일생을 살아야 할 필요가 있다.

사람이 이중구조로 되어 있는 것처럼 우주 역시 이중구조로 되어 있다. 현상계(現象界)와 실상계(實相界)가 곧 그것이다. 불교식으로 말하면 색계(色界)와 공계(空界)이다. 현상 뒤엔 실상이 있게 마련이고 실상 없는 현상은 없다.

색(色)은 물질을 말하고 공(空)은 빗물질인 정신을 뜻한다. 과학은 물질세계를 분석 연구하는 것이고 종교는 정신세계를 다루는 것이다. 과학과 종교는 별개가 아니다. 색즉시공(色卽是空)이듯이 과학은 곧 종교이다. 종교의 종(宗)은 우주(宀)를 보여준다(示)는 뜻이다. 물질의 원리 속에 빗물질의 원리가 숨어있듯이 육체 속에 생명을 불태우고 있는 정신 에너지가 작용하고 있다. 물질과 에너지는 둘이 아니라 하나이다.

물질은 '우주 공간에 체적과 질량을 가지는 것' 즉 물질은 일을 할 수 있는 능력을 가졌다. 질량 에너지는 불멸이라는 아인슈타인의 상대성 원리가 이것을 뒷받침하고 있다. 극미의 세계를 들여다보면 볼수록 거기서 초월적인 존재를 느끼지 않을 수 없다고 아인슈타인 박사는 말했다.

그는 섬씽 그레이트(something great)의 존재를 인정했다. 일할 수 있는 능력, 즉 에너지를 우리의 오관으로서는 알 수가 없다. 하지만 물질은 그 능력을 가지고 있다. 따라서 물질의 차원과 에너지의 차원의 공존을 인정하지 않을 수 없다. 이 사실은 우리가 육체와 정신의 존재를 부정할 수 없는 근거가 된다.

우리는 육체적 물질계의 차원 이상으로 높은 차원의 세계인 의식계를 가지고 있다. 육체와 의식이 일체가 되어 우리의 현재 몸이 이루어져 있다는 뜻이다. 그러나 현실의 물질계, 즉 현상계는 모두 무상하며 현재 존재하는 것은 끝내는 소멸되고, 그 형상을 계속 유지할 수는 없다.

불교에서는 이것을 제행무상(諸行無常)이라고 말한다. 인간의 육체도 언젠가는 소멸한다. 하지만 육체는 멸망해도 영혼·의식은 없어지지 않는다. 에너지 불멸의 법칙에 따라 그 모습만을 바꿀 뿐이다.

그렇다. 에너지 불멸의 원칙은 우리 인생이 윤회하고 있다는 것을 실증적으로 보여주고 있는 예이다. 우리의 몸은 죽으면 화장을 하거나 매장하거나, 결국 이산화탄소와 질소 등의 기체로 되돌아가고 일부는 흙으로 돌아간다.

공중의 이산화탄소를 식물이 흡수하여 흙에서 흡수한 물과 함께 엽록소가 태양의 광합성에 의해서 전분, 단백질, 지방, 당분 등을 만들어 다시 인간 육체의 재료가 된다. 이것이 바로 육체가 윤회하는 사이클이다.

윤회는 다시 말하면 눈에 보이는 물질의 세계, 즉 색(色)의 세계와 눈에 보이지 않는 정신의 세계, 즉 공(空)의 세계와의 순환을 뜻한다. 육체도 윤회하고 영혼도 윤회한다. 두 윤회의 원이 교차할 때의 만남이 탄생이고, 헤어짐이 죽음이다. 그러니 탄생도 없고 죽음도 없다.

물은 우리 눈에 보이는 물질이다. 누구나 아는 바와 같이 물은 수소 H와 산소 O라는 두 가지 화학분자의 결합이다. 두 분자가 분리되어 공중에 떠 있을 때는 우리 눈에 보이지 않기 때문에 공(空)의 세계에 속한다. 열이라는 인연(조건)에 의해서 두 분자가 결합하여 공중에서 변하면 구름이 되고 비가 된다. 우리 눈에 보이므로 색(色)의 세계이다.

그러니까 우리 육체와 영혼은 만남과 헤어짐이 있을 뿐이지 탄생과 죽음은 없다. 우리 인생은 일회용이 아니라 이승과 저승을 윤회하는 영원한 나그네인 것이다.

이전에 나는 공(空)을 주거지로 삼고
경계를 가지지 않으며 흐르는 진리에 따라
상대 세계에서처럼 고정된 틀 속에 갇히는 일 없이
지혜를 나타내는 것만을 몸으로 삼았다.
지혜란 그냥 되는 것이었다.

나는 나무였고 산이었고
바다였으며 달이었다.
나는 그였고 모든 사람이었다.

– 다카하시 게이코의 저서《인생의 알파와 오메가》중에서 인용

다카하시 신지가 세상을 떠난 후, 그의 법통을 이어받은 딸 다카하시 게이코가 쓴 저승의 모습을 잠시 보여주는 내용이다.

나의 의문이었던 '잠을 왜 자는가' 하는 궁금증은 다카하시 신지의 가르침으로 풀렸다. 사람은 빵으로만 살 수 없다는 예수님의 말씀도 이해가 되었다. 빵은 육체를 기르는 영양분이지 영혼을 기르는 에너지는 하느님(神)의 에너지(精)에서 구해야 한다. 정신을 많이 써도 피로해진다. 정신이라

는 영양분을 얻기 위해 밤의 정적을 틈타 영체가 육체를 이탈한다.

꿈은 잠자는 동안 우리들의 영체가 활동하는 모습을 보여주는 것이다. 의식의 광도가 높을수록 천연색의 좋은 꿈을 꾸게 되고 의식이 자기중심으로 혼탁할 때는 뒤숭숭한 꿈을 꾸게 된다. 그래서 꿈으로 마음의 단계를 판단할 수 있는 것이다. 자면서 꿈을 꾸지 않는 사람은 없다.

단지 잠재의식에서 일어나는 실재계에서의 활동이기 때문에 우리의 표면의식이 꿈을 기억하지 못할 뿐이다. 부처님께서는 실재계의 단계를 10만 억도라고 표현했다. 실재세계의 광도의 단계는 그렇게 엄청나다.

캄캄한 지옥계에서부터 등불, 촛불, 백열등, 형광등처럼 유계, 영계, 신계, 보살계, 여래계, 금강계까지 마음의 단계에 따라 정신의 순도, 즉 광도가 다르다. 잠을 자고 나면 날아갈 듯 몸이 상쾌한 사람은 높은 광도의 에너지를 공급받은 사람이지만 자고 나도 몸이 무겁고 골치가 아픈 사람은 어둡고 탁한 정신을 공급받은 사람이다.

더구나 악몽에 시달리거나 아예 불면증에 걸린 사람은 집착을 버리고 마음을 가볍고 투명하게 반성해야 한다. 어릴 때 곧잘 나는 하늘을 날아가는 꿈과 하늘에서 떨어지는 꿈을 꾸었다.

하늘에서 떨어지는 꿈은 성장과 더불어 마음에 차츰 아욕의 짐이 무겁게 실리기 때문이라는 것을 나는 불혹의 나이가 되어서야 비로소 깨닫게 되었다.

더욱 놀라운 사실은 인간은 새가 아니라 빛보다 더 빠른 속도로, 하늘은 물론 우주 구석구석을 날 수 있는 존재라는 점이다. 사람의 몸은 대략 60조(兆) 개의 세포로 이루어졌다. 세포는 모두 한결같은 유전자 정보를 간직하고 있다. 세포마다 핵 속에 그 사람의 생명 정보가 몽땅 들어있다는 뜻이다.

그래서 머리카락 하나로 몸의 내부를 진단할 수 있는 진단기가 나왔다. 세포 하나가 비상이 걸리면 몸 전체의 세포는 동시에 그 정보를 포착한다. 이렇게 60조 개나 되는 세포를 중앙에서 통제 관리하고 있는 것이 마음이다.

우주에도 마음이 있고, 우리의 마음은 그 분신일 뿐이다. 생명 정보가 세포 하나하나에 들어 있듯이 우주 정보가 사람마다 예외 없이 들어 있다. 마음이 열려 우주와 하나가 되면 우주가 곧 나인 것이다. 우주즉아(宇宙卽我)이다.

마음을 다스리는 지혜

마음이 조화롭지 못하다는 말은 대체로 자기 욕망이 채워지지 않을 때를 말한다. 출세하고 싶다. 멋진 옷을 입고 싶다. 맛있는 음식을 먹고 싶다. 좋은 집에 살고 싶다. 애들을 일류 학교에 보내고 싶다. 이렇게 우리들 앞에는 끝없는 욕망의 늪이 펼쳐져 있다.

우리가 만족할 줄 알면 마음에 제동이 걸리지만 대부분의 사람들은 제동이 풀린 마음으로 욕망의 늪에 빠진다. 그 결과 욕망의 노예가 된다. 그래서 출세를 위해 동료를 배신하고 돈을 벌기 위해 신의를 저버리며, 권력을 잡으면 횡포도 부린다. 동물적 충동을 서슴치 않고 행하는 것이다.

그렇다면 권력, 지위, 명예, 돈이 인생을 풍부하게 하는 것일까? 정말로 그럴까? 그러나 대답은 그 반대다. 우리는 욕망이 생기는 순간 평화를 잃는다. 권력을 잡는 순간, 명예를 얻는 순간, 큰돈을 쥐는 순간, 우리는 마음의 평화를 잃게 된다.

그렇다면 그런 인간의 본능적 욕망을 지닌 채 불안하고

초조하게 살 것인가. 아니면 욕망을 내던지고 겸손한 마음으로 평화롭게 살 것인가. 어느 것이 행복한 길인가를 우리는 판단하고 결정해야 한다.

그러나 한가지 중요한 사실은 우리에게 모처럼 주어진 이 지상의 귀중한 생명을 그렇게 불안하고 초조하게 살아서는 안 된다는 점이다. 우리는 이 세상에서 평화롭고 행복하게 살아야 한다. 그러기 위해서는 욕망을 버리고 주어진 환경을 최상으로 감사히 여기며 부지런히 살면 마음의 불안도 없어지고 평화를 얻을 수 있다.

다카하시 신지는 인류가 모두 한 형제라고 역설했다. 우리는 모두 지구라는 한 배에 탄 동시대의 동기생들이라는 것이다. 피부색이나 민족의 종류는 각기 그 환경에 적합한 육체적 조건을 갖춘 것에 불과하다. 그 육체의 지배자인 의식, 즉 영혼에서는 조금도 다를 바 없는 형제자매들이다.

태양의 빛과 열은 인류에게 평등하게 내리며 신불의 자비와 사랑도 또한 평등하지 않는가? 따라서 인종차별의 편견은 신의 뜻이 아니다. 차별은 생활환경의 차이에서 생겨난 인간의 아집일 뿐이다.

자기의 전생을 알고 나쁜 성격을 바꾸려고 하는 것은 인생 수행의 한 목적이긴 하지만 우리는 과거 세상에 어떤 사람으로 살았느냐 하는 것 보다는 현재의 삶이 더 소중하다는 것을 잊어서는 안 된다.

붓다, 예수, 모세는 처음부터 승려나 학자가 아니었다. 승려나 학자와 같은 작은 틀 속에 갇혀버릴 것을 예견한 여래(메시아)들은 스스로 회의와 고통을 경험할 수 있는 환경을 선택하고 태어난다고 한다. 따라서 여래는 이승을 떠날 때까지 깨달음을 이룰 수 있는 틀을 짜고 이중삼중의 장치를 하여 태어난다는 것이다.

불교는 여러 나라를 경유하여 건너오는 동안 상당히 변질되고 말았다. 따라서 불교나 기독교는 원래의 경전으로 되돌아가기가 어렵게 되었다. 신의 뜻은 대자연의 법칙이므로 시대가 새롭게 오거나 낡은 세대거나 상관없다. 진리란 헌 것도 새 것도 없다. 불변이다. 누구의 마음속에도 신불의 자녀로서의 신리(神理)는 엄연하게 존재하고 있다.

"신의 뜻은 자기 마음속에 있으며 마음에 충실하고 항상 중도에 따라 욕심을 버린 생활을 하면 누구든지 신불의 자녀임을 자각하게 된다."

이것이 다카하시 신지의 가르침이다. 사람은 죽어서 육체를 버리지만 죽은 후에도 이 세상에 살 때와 똑같은 습관적 의식으로 광자체(光子體)라는 육체로 바뀌는 것이 우리들의 저 세상이다.

따라서 우리는 저승에 가면 이승에서 살던 상념과 행위의 일체가 하나하나 남김없이 드러나게 된다. 우리의 잠재의식과 표면의식 사이에 있는 상념대의 막은 우리의 생각과 행동을 남김없이 녹화하는 비디오테이프 역할을 하기 때문이다. 그래서 지상에서 저지른 죄 값은 일목요연하게 드러나 그곳에서 자신이 지은 죄를 갚아야 한다. 즉 자신이 자신을 재판해야 한다.

우리는 유계(幽界), 즉 죽음의 입구에서 지상에서 살았을 때의 선과 악을 낱낱이 가려 재판을 받는다. 신불의 재판을 받는 것이 아니라 스스로 하게 된다. 그것은 신불의 자녀로서 너무 당연한 일이다. 인간의 가치를 잊고 조화롭지 못한 인생을 살고 있는 인간에게 마음의 평화는 없고 검은 상념으로만 뒤덮여 있다. 이런 인간은 이 지상을 떠나 다음 세상에 가서도 똑같이 검은 상념의 세계로 떨어진다.

그리고 그 마음이 정화될 때까지 지옥계에서 고생해야 한다. 지옥도 자기 자신이 만들고 있던 세계일뿐이다. 책임 전가는 용납되지 않는다. 책임을 전가시키면 그 고통은 더욱 커질 뿐이다. 따라서 행복을 얻는 지름길은 하루 빨리 과거의 세상에서 지은 업(카르마)을 확실하게 인식하고 수정하여 두 번 다시 그런 과오가 없는 인생을 살아야 한다.

그러기 위해서는 늘 반성하는 마음을 가지고 자신의 나쁜 성격을 고쳐가야 한다. 반성의 명상은 마음을 정화시킨다. 그리고 신불의 빛에 에워싸이게 된다. 이럴 때는 삶도 죽음도 없는 생명의 윤회를 깨닫게 된다.

사람들은 단지 육체만을 보고 있기 때문에 그 육체가 없어지면 모든 것이 끝난다고 생각하지만 육체의 지배자인 영혼은 불변이다. 다만 이승과 저승의 환경에 적합한 옷을 갈아입을 따름이다. 이것을 알게 되면 생명의 불변을 믿지 않을 수 없게 될 것이다.

모든 종교는 초심으로 돌아가야 한다

사람들은 절이나 교회에 가서 기도하는 것이 신앙이라고 생각한다. 우리가 신앙의 진실을 알기 위해서 옛 인도 당시 석가의 가르침, 옛 이스라엘 당시 예수의 가르침으로 돌아가야 한다고 다카하시 신지는 주장하고 있다.

현대의 불교와 기독교는 절이나 교회에 가서 기도하는 것을 종교라고 착각하게 된 것을 비판하는 말이다.

'불교는 어렵고 그 진리를 터득하기 힘들다'고 사람들은 말한다. 지금 불교는 믿음을 지식으로 해석하고 있다. 사람이 살아가는 방법을 가르치는 불교가 왜 불교 철학이라는 학문이 되었는가? 왜 엄격한 계율에 의한 자기 식의 규율을 만들었는가?

많은 사람들이 불교는 원래 의도하는 신앙에서 멀어졌다고 말한다. 권력자, 학자, 승려들에 의해서 철학화 된 종교는 이미 진실한 마음의 종교라고 말할 수 없다. 계급제도가 엄격했던 지난날에 왜 종교가 필요했던가? 그것은 그들 특권 계급의 무리들이 자기 보호의 수단으로 불교가 필요했기 때문이다. 신불의 이름아래 그들은 대중을 희생시킨 것이다.

겨우 5% 정도의 소수 귀족과 승려들의 사리사욕 때문에 95%의 대다수 중생이 희생된 것이다. 그래서 종교는 아편이 된 것이다. 아편이 된 종교는 인간을 구제할 수 없다. 종교 지도자들은 신의 이름을 팔아서 살고 있는 위선자들이 되어서는 안 된다. 기도하는 것만이 구제 받는 길이 아니며 맹신, 광신, 미신이 사악한 길임을 우리는 바로 깨달아야 한다.

인간다운 삶을 잊고 고난과 기쁨의 양 극단적 인생을 보내면서 정도를 무시하는 삶은 신앙이 아니다. 지도자의 지시대로 움직이며 구하는 바를 오직 기도에만 의존한다는 것을 우리는 맹신이라고 한다.

좀처럼 의문을 가지는 일도 없이 기도에 빠진다는 것은 바로 인생을 도피하고 있는 결과일 뿐이다. 그런 사람은 하루 빨리 자신의 본심을 되찾아야 한다. 종교 지도자들은 말한다.

"당신이 불행한 것은 몇 대의 조상이 천도를 받지 못해서 생긴 일입니다. 불공을 드려야 합니다."

"집안이 잘되려면 부적을 붙이고 초하루와 보름에 고사를 지내시오."

이런 엉터리가 어디 있는가? 욕망을 채우기 위한 신앙에 빠지면 빠질수록 마음이 불안해지고 불행한 인생을 살게 된다. 열심히 기도할 때는 일에도 열중하기 때문에 장사가 잘 될 수도 있다. 하지만 돈과 시간이 생기면 기도할 대상에는 무관심해지고 그저 형식적인 신앙이 되고 만다.

장사가 잘 된 것에 대한 감사의 마음도 잊어버린다. 낭비를 일삼고 욕망의 충족만을 쫓는다. 어느 틈에 악마의 포로가 되어 마음은 평안이 없고, 가정은 조화가 파괴되어 몰락의 길을 걷게 된다. 불행을 스스로 자초한 셈이다.

– 다카하시 신지의 저서 《마음의 발견》 중에서 인용

우리가 이 세상에 태어날 때는

자연의 질서에 어울리는 육체와 능력을 가지고 태어났다.

제2장

저승과 이승의 법칙

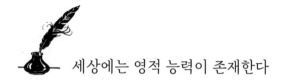 세상에는 영적 능력이 존재한다

얼마 전 어느 방송의 TV에 최면술을 다루는 프로그램을 본 적이 있었다. 최면술사가 한 건강한 청년에게 최면을 걸어 그 청년의 전생을 기억시키는 내용이었다.

또 그와 유사한 쇼 프로그램에서 한 최면술사는 여자 인기 탤런트에게 최면을 걸었는데 그녀는 최면 상태에서 경험한 자신의 모습을 설명했다. 최면술사는 그녀의 얘기를 듣고 그녀의 전생이 왕녀였다는 판단을 내리는 장면도 있었다.

최면술은 전생의 기억을 되살려 낼 수 있다. 그것은 사실이다. 그러나 평소에 정상적으로 살고 있는 평범한 사람에게 갑자기 최면을 거는 것은 큰 문제가 있다. 최면은 암시라는 단계의 교섭이 필요한데 이 암시로 인해서 평범한 사람의 마음의 문이 갑자기 강제로 열리는 것은 대단한 위험을 동반하기 때문이다.

마음의 문이 열려서 검은 파장의 예언을 하거나 자기도취에 빠진 사람들을 우리는 거리에서 자주 본다. 우리는 그를 미친 사람으로 취급한다. 그러나 그는 미치지 않았다고 말한다.

비록 그가 미치지 않았다고 해도, 초능력으로는 이 세상의 질서에 맞게 살 수 없기에, 그는 결국 미친 사람 취급을 받을 수밖에 없다.

우리 인간은 누구나 영적인 능력을 갖고 태어났다. 단지 그 능력이 쉽게 발현되지 않을 뿐이다. 그 능력을 발휘하기 위해서는 선(鮮)이나 기(氣) 훈련 등 일정한 단계의 수련이 필요하다. 반성으로 마음을 정화하여 반야(般若)의 문을 열어야 한다.

그런데 일부 사람들이 TV같은 곳에서 일반 대중의 호기심과 인기를 끌기 위해서 영적 능력을 강제로 발현시키기 위해 마음의 문을 함부로 여는 것은 이미 탐욕적인 동기가 개입된 것이므로 위험하다. 표면의식이 정화되지 않는 상태에서 잠재의식에 들어가는 것은 위험하다. 소독을 거치지 않고 수술하는 것과 마찬가지다.

사람이 수련에 의해 영적 능력을 발휘할 단계에 이르렀다면 그 행위는 신의 섭리에 부합되도록 써야 한다. 그것이 묘기나 혹은 돈벌이, 명예욕에 의해 이용될 때는 악령의 지배를 받게 마련이다.

태어날 때부터 잠재의식 일부가 열릴 경우가 있다. 그 예로 천재적 신동으로 온 나라를 충격과 화제로 몰고 왔던 김웅용이 있었다. 그의 출현은 한국뿐만 아니라 세계에 놀라움을 안겨주었다.

그는 겨우 돌이 지난 한 살의 나이에, 집안 어른들이 장기를 두고 있는 모습을 구경하고 있다가 손님들이 간 후에 두 사람이 둔 장기 게임을 복기했다. 부모가 그것을 보고 놀랐다. 그때 처음 부모로부터 영적 능력을 가진 천래라는 것이 밝혀지면서 김웅용의 아버지는 그를 보통의 아이와 다르게 천재교육을 시켰다.

그 후 김웅용은 6살의 나이에 일본 후지 TV에 출연해서 고차원의 수학 미적분을 푸는 실력을 보여주었다. 그 당시 생존해 있던 스승은 이 천재 소년의 전생을 꿰뚫어 보고 김웅용에 대해서 다음과 같이 말했다.

"김웅용의 전생은 옛날 독일의 수학자였다. 그는 지금 잠재의식이 열려서 놀라운 수학적 능력을 과시하고 있지만 그 아이는 20살이 지나면 마음의 문이 닫혀서 보통 사람과 똑같이 될 것이다."

그 후 그 예언대로 김웅용은 숱한 천재적 능력을 과시한 화제의 인물이었음에도 불구하고 20살이 되면서 평범한 사람이 되었다. 지금은 평범한 대학교수로 재직 중이다.

이처럼 주변에서 발생하는 기적 같은 천재들은 비단 김웅용 뿐만 아니다. 외국에도 그런 사례들은 수없이 많다. 그렇다면 김웅용신드롬은 왜 일어나는 것일까? 그 이유를 우리 같은 평범한 사람들은 해석할 수가 없다.

하지만 한가지 우리가 주목해야 할 일은 김웅용처럼 어린 시절에 뛰어난 재질과 능력을 발휘하는 것은 노력을 통해서 이루어지는 일이 아니라는 사실이다. 잠재의식이 표면의식으로 쏟아져 나온 경우이다. 우리가 전생과 윤회를 증명할 수 있는 구체적인 대목이 바로 그 점이라고 말할 수 있다.

그런데 왜 그런 능력은 특정한 사람들에게만 나타나는 것일까? 우리가 이 세상에 태어날 때는 현재의 육체에 어울리는 질서와 규칙을 가지고 살 수 있도록 태어난 것이다. 만일 우리가 저쪽 세상의 질서와 능력을 그대로 가진 채 이 세상에 산다면 질서는 당장 무너지고 혼돈에 사로잡히게 될 것이다.

저 세상은 시간과 공간을 초월한 세계이기에 내일 일어날 일, 일 년 후에 일어날 일, 10년 후에 일어날 일 혹은 상대방의 미래나 속마음을 모두 꿰뚫어 볼 수 있기 때문에 거짓이 있을 수 없다.

우리가 사는 세상은 이 세상에 맞는 질서, 즉 자연의 질서가 있다. 이 질서를 파괴하고 저쪽 세계의 질서를 강압적으로 끌어들인다면 세상의 질서는 무너진다.

따라서 저쪽 세계를 넘나들 수 있는 능력을 가진 사람은 자기 마음속에 엄청난 전지전능한 능력이 있지만 그 능력은 저 세상이 있다는 것을 이 세상에 보여주기 위해 자신을 시험의 한 견본으로 사용하고 있다는 점을 인식하고 겸허한 마음을 가져야 한다.

그 능력을 이용해서 인기에 영합하고 돈이나 이권을 추구하기 시작하면 그에 상응한 검은 의식의 밥이 되어 불행한 삶을 살게 된다. 왜냐하면 이 세상에서 그런 능력을 사리사욕으로 쓴 사람들이 크게 성공하거나 위대한 인물로 존경, 추앙 받은 사람들은 일찍이 없었다.

그 점에서 20세기에 세상을 현혹시킨 인도의 명상가 라즈니시 같은 사람을 우리는 사금석으로 삼을 수가 있다. 인간의 가치는 지상에 있지 않고 천상에 있다는 것을 알려주기 위해서 강림한 빛의 메시아 예수나 붓다의 경우와 비교해보면 자명해질 것이다.

다카하시 신지도 상상을 초월한 엄청난 영적 능력을 발휘하였다. 하지만 영능에 대한 탐심은 무엇보다도 경계하였다. 그가 남긴 위대한 가르침을 살펴보면 백 번 수긍하고도 남을 일이다.

전생은 정말 있는가?

  예스 그리스도는 많은 사람들에게 그렇게 많은 설교를 하면서 여행을 했지만 그 자신은 한번도 글을 쓴 적이 없었다. 부처도 45년간 설법을 했지만 책 한 권 쓴 적이 없었다.

  예수 그리스도나 붓다에 관련된 모든 책들은 그들 제자들이 스승의 뜻을 기록한 것들이다. 그렇다면 제자들이 스승이 한 말을 종이에 옮겨 적을 때 스승의 마음속을 속속들이 알 수 있었을까? 그들이 마음속 깊이 생각하고 있었던 표현하지 못한 깊은 느낌까지 쓸 수 있었을까?

  그런데 다카하시 신지는 직접 책을 썼다. 그것도 한 두 권이 아니라 십여 권이 넘는다. 그는 문증(文證) 이증(理證) 현증(現證)을 보여줄 수 있어야 진짜 정법이라고 해서 글로써 증명하였고, 과학적으로 증명, 영적 현상으로 증명하였다.

  그 증명들은 우리들 앞에 수많은 책자와 영상으로 남아 있다. 부처님은 왕이나 학자, 귀족들에게 불경을 설법한 것이 아니었다. 부처님의 설법 대상은 붓다의 일생에서도 나타나고 있지만 글도 모르고 학교에 다닌 적이 없는 문맹자들이 더 많았다.

그런 사람들에게 부처가 지금처럼 어려운 말을 했을 리 없다 부처는 무지한 서민들이 알아들을 수 있는 말로 정법을 이해시켰을 것이다.

"저 시궁창을 보아라! 시궁창에는 온갖 더러운 것들이 다 모여 있다. 저 더러운 쓰레기와 이끼와 썩은 오물을 보아라. 그런데 저 더러운 곳에서 청초한 연꽃이 피어나고 있지 않느냐? 저 꽃을 보아라. 얼마나 아름다운가! 사람의 몸도 얼마나 더러운가? 눈에는 눈꼽이 끼고 코에는 콧물이 흐르고 몸에서는 땀이 흐르고 아래서는 더러운 대소변을 쏟아내고 있다. 하지만 그 몸속에는 연못처럼 아름다운 꽃이 피고 있다. 사람의 마음이 그와 마찬가지다."

부처는 이렇게 쉬운 말로 정법을 강의했을 것이다 그러나 지금의 불교계를 보자. 불교는 대승불교와 소승불교로 갈라지고 이후 여러 개의 종파로 나누어지면서 모든 불경의 가르침은 어려운 학문으로 변해버렸다. 정법은 사라지고 서로의 이익을 위해 싸우고 있다.

부처님이 이것을 알면 얼마나 가슴이 아플 것인가. 우리 인생이 윤회하고 있고, 전생과 이승이 있다는 사실을 누구보다 잘 알고 있는 스님들이나 불자들이 한낱 이 세상의 허무한 밥그릇을 두고 사악한 마음을 뿜어내고 있지 않은가.

그렇게 악을 저질러 그런 것들을 가진다면 그것은 다시

다음 세상에 가서 그 죄업을 풀어야 할 전생의 업장이 되는 것이다. 그렇다면 전생이란 과연 있는 것일까? 전생이 있다는 것을 확인하기 위해서 우리는 지금의 내 목숨을 가진 내가 둘이 있다는 것을 알아야 한다. 나는 여기서 다카하시 신지가 어린 시절에 겪은 체험을 소개하고 싶다.

다카하시 신지는 열 살 때 갑자기 이상한 병에 걸린다. 저녁 8시만 되면 심장이 멎어버리는 묘한 병이었다. 의사를 불러 진찰을 하고 주사를 놓았지만 병의 원인은 알 수 없을 뿐만 아니라 매일 밤 그런 일이 규칙적으로 계속 진행되었다.

그렇게 자기가 죽어있는 동안 다카하시 신지는 천장에 올라가서 누워있는 자신의 모습과 옆에서 슬퍼하는 가족들의 모습을 볼 수가 있었다. 그래서 그는 가족들에게 말했다.

"나 여기 있어. 아무렇지도 않다니까."

그러나 그의 말은 가족들에게 들리지 않았다. 그런 상황이 6개월 동안 계속 지속되었으므로 부모님은 아이의 병을 고치기 위해 모든 수단과 방법을 동원했지만 그의 병은 낫지 않았다.

정확하게 저녁 8시가 되면 딸꾹질이 나고 딸꾹질 때문에 숨을 들이킬 수가 없고 날숨만 쉰다. 불과 4, 5초 만에 심장의 박동이 정지되면서 육체적 고통은 사라져버린다.

그때가 되면 가족들은 그가 죽은 것으로 알고 의사가 달려와 팔에 캠풀주사를 놓는다. 그런데 놀라운 것은 다카하시 신지는 심장이 정지된 상태에서 발생된 상황들을 그 자신의 눈으로 관찰하고 있었다는 사실이다.

그는 심장이 멈춘 채 누워있는 자기 모습을 지켜보고 있다는 것을 깨달은 것이다. 육체 이탈현상이 일어난 것이다. 가족들도 의사도 방법이 없었다. 그렇게 시간이 지나고 그의 코에서 약 냄새가 나면서 심장은 다시 뛰기 시작하는 것이었다.

처음 그런 일이 발생했을 때는 3시간 정도였으나 그 후부터는 대략 15분에서 길게는 몇 시간 동안 심장이 멈추는 가(假)죽음 상태가 계속되었다. 분명이 병은 병인데 의사도 불가사의한 일이어서 정확한 진단을 내리지 못한 채 그같은 육체와 영혼의 분리현상은 정기적으로 일어났다.

육체와 영혼의 분리현상이 일어나면서 몸에서 분리되어 나온 그는 첫째 시간과 공간의 구애를 받지 않았다. 놀랍게도 그는 죽은 친구를 만나 보기도 했고, 아름다운 꽃밭을 거닐기도 했다. 정말 꿈꾸는 것처럼 믿을 수 없는 현상들이 전개되었다.

그는 지상의 어떤 작은 틈새라도 빠져나갈 수 있었다. 그의 거동은 마치 마술을 부리는 둔갑술처럼 자유자재였던 것이다. 결국 의사들도 그 병에 손을 들고 말았다. 그의 부모님은 좋다는 치료법은 다 써 보았지만 효과가 없었다.

그런 어느 날 그가 어머니와 함께 참배를 갔을 때 낯선 스님 한 분을 만났다. 그는 다카하시 신지의 머리를 쓰다듬으며 말했다.

"병은 걱정하지 마라. 곧 낫는다. 넌 두 개의 눈동자를 가졌구나. 열심히 공부하면 영험스러운 힘을 지니게 될 것이다."

그 낯선 스님의 예언대로 그의 병은 반년 후에 낫게 되었다. 그 이후에도 여러 스님들이 찾아와 그에게 좋은 말들을 해주었다. 어떤 스님은 찾아와서 '마음은 만물의 근본이다'라는 말을 해주고 간 적도 있었다.

마음이란 무엇인가. 마음이 무엇이기에 많은 스님들이 계속 마음에 관한 말씀을 하는가? 그때 어린 마음에도 그는 이상한 병에 시달릴 때처럼 또 하나의 내가 존재하고 있다는 의문에 사로잡힌다.

'또 하나의 나'는 누구인가?

심장이 멈춰서 죽어있는 나와 그 육체를 내려다보고 있는 나는 도대체 누구인가? 다카하시 신지는 그 의문에 대한 본격적인 연구를 시작했다. 그는 청년이 되어 세계 2차 대전에 공군 파일럿으로 참전했다가 종전 후에는 인성 과학연구소를 설립하고 '또 하나의 나'에 대한 연구를 계속하기 위하여 의학, 천문학, 물리학 등의 공부를 했다.

그는 전후의 어려운 시기에 시장에서 감자를 팔거나 친구의 라디오 조립하는 일을 도와주면서 생계를 유지했다. 그는 작은 전자제품 수리 공장을 차렸다. 그런데 다카하시 신지에게 그때부터 놀라운 일들이 벌어졌다. 영감이 강해지면서 예언 능력이 생기기 시작했다.

예를 들어 그는 친구와 얘기를 하면 놀랍게도 백지 위에 그 친구의 미래 모습이 떠오르곤 했다. 참으로 불가사의한 일이었다. 이런 초능력이 어떻게 해서 일어나는 것일까. 어째서 자신에게만 있는 것일까. 온갖 의문이 꼬리를 물었다. 또 한사람의 나에 대한 의문과 함께 그의 의문과 추궁의 노력은 끈질기게 이어졌다.

그는 우주 같은 극대의 세계와 세포 같은 극미의 세계를 관찰하였다. 인체에 대해 추궁한 결과 인간은 두 개의 몸이 존재한다는 것을 알았다. 즉 하나는 '물질 차원의 나', 다른 하나는 '영적 차원의 나'라는 것이다. 사람은 이 두 개가 하나로 합쳐서 이루어졌으며 경우에 따라 분리될 수 있다는 것을 알게 된 것이다.

물질 차원의 나는 죽은 후에 이 세상에 육체의 잔해를 남기고 영혼은 저 세상으로 돌아간다면 우리는 또 하나의 전생의 기록을 남기는 셈이 된다.

전생이란 말은 단순히 불교적 윤회의 개념에서 나온 말이 아니라 모든 에너지 운동에 순환의 법칙이 있듯이 전생은 분명히 존재해야 한다. 우리가 이 세상에 살게 된 이유 중의 하나 역시 전생이 있기 때문에 가능하며 우리는 수없는 전생의 윤회를 거듭한 끝에 지금의 현재 몸으로 존재하는 것이다. 그런데 왜 우리는 전생에 대한 기억을 하지 못하는가.

그것은 우리의 삶 자체가 망각의 인생이기 때문이다. 우리는 태어나는 순간 의식의 일체가 잠재의식 속으로 가라앉아 버린다. 영혼의 학습과 단련을 위해서 영(靈)에서 시작하도록 인생의 틀이 그렇게 짜여 있기 때문이다. 우리는 전생의 의식을 가진 채 이승에서 살 수가 없기 때문에 전생의 기억들을 모두 잊어야 한다.

그러나 사람은 성장하면서 오관에 매달린 의식들이 조금씩 표면에 나타나게 된다. 그래서 우리의 의식에는 표면의식과 잠재의식이 구별된다. 표면의식과 잠재의식의 사이에는 상념대(想念帶)라는 막이 있다고 다카하시 신지는 말했다. 그 상념대에 우리의 일상생활의 행위와 생각은 물론 과거 전생의 모든 기억까지도 마치 녹화되어 있는 것처럼 저장되어 있다고 했다.

거기에는 자신이 보고 행동하고 느낀 것만 기록되어 있는 것이 아니라 우리가 마음속으로 상상한 것, 예를 들어 내가 어느 날 들에 핀 아름다운 들꽃을 보고 꺾고 싶다는 생각을 한 것이나 아니면 누군가를 멀리서 보고 느낀 사랑하는 감정까지도 모조리 기록 저장된다.

다카하시 신지가 처음 만나는 사람의 전생을 말할 수 있었던 것은 상념대의 기록들을 읽을 수 있었기 때문이었다.

사람은 살아가면서 누구를 미워하거나 증오하거나 사랑하거나 무엇을 먹고 싶다거나 갖고 싶다거나 하는 모든 생각들이 행동한 것과 똑같이 상념대에 기록된다는 사실을 잊어서는 안 된다.

그 상념대는 지금 현생에서 살아있는 기록뿐만 아니라 수없는 전생의 모든 기록을 갖고 있다. 다카하시 신지의 강연장에서는 늘 수많은 영적현상이 발생했다. 그런 기적적인 일 가운데는 성경의 사도행전 2장에 나오는 것처럼 사람들이 방언을 하는 장면과 흡사한 것도 있었다. 잠재의식의 문이 열려 과거세의 말로 서로의 만남을 기뻐하는 감동적인 장면도 많았고, 자신의 수많은 과거세의 내력을 당시의 말로 회상하는 장면들도 있었다.

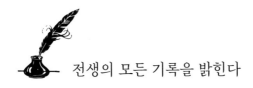

전생의 모든 기록을 밝힌다

이제 나는 독자들에게 생명의 전생윤회(轉生輪廻)에 관한 이해를 돕기 위해 다카하시 신지 편저《여자의 재래(再來)》에 실린 나쯔구리 씨의 〈생명의 유전을 알다〉의 전문을 소개한다.

나는 1970년 5월 2일 밤에 다카하시 신지 선생의 법력에 의해 영적으로 마음의 문이 열린 사람입니다. 그래서 나는 잠재의식이 살아나 나의 전생을 모두 회상할 수가 있습니다. 그리고 인간의 생명은 영원히 유전(流轉)하고 있다는 것을 스스로 확인했습니다. 과거에 이런 신리(神理)를 전생윤회라든가 영혼불멸 등으로 표현해 왔습니다만 그 실체를 깨달은 사람은 거의 없었던 것 같습니다.

나는 예수 시절 베드로의 제자였던 후리데님의 지도를 받고 있습니다. 나는 바로 그 후리데님의 힘을 빌려 잠재의식을 열 수 있었고, 그로인해 내가 살아왔던 과거세를 회상함으로서 인간의 생명이 윤회하고 있다는 것을 확인할 수 있었습니다.

지금까지 살아온 기억을 더듬어 내 생명의 윤회 과정을 여기에 밝히고자 합니다. 내가 이 지상에서 육체를 가지고 살았던 나라에서 쓰던 말로 말씀드리겠습니다.

잠재의식의 끈을 풀다

'나는 기원전 약 1만 2천 년쯤 광대한 아틀란티스 대륙에서 대가족을 거느리고 항상 위험한 동물이나 자연의 환경으로부터 몸을 보호하면서 환경이 좋은 곳으로 이주하며 살고 있었습니다. 당시 내 이름은 호훼로와우라고 하는 남자였습니다.

그후 나는 기원전 약 9천년 경 아틀란티스 제국의 화우리아리라는 이름의 남자로 태어나 아가샤 대왕님을 모시는 신관으로서 제사 담당관이었습니다. 그때는 문명이 고도로 발달하여 사람들의 물질 생활은 풍족했습니다만 정신적으로는 혼란했습니다.

그런 세태를 염려하여 아가샤 대왕님은 신리를 설법하여 국민들에게 자연의 은혜에 감사하며 살도록 호소했습니다만 악마에게 마음을 빼앗긴 사람들이 대왕님을 비롯한 저희들을 체포하여 대중들 앞에서 본보기로 처형했습니다.

우리들은 그때 내세를 믿고 있어서 미래의 어느 날엔가는 다시 육체를 지니고 만나서 대왕님을 곁에 모시고 신리를 펴 나가며 살자고 약속했던 것입니다.

그후 나는 지금 남미의 페루에서 센추에라 알 칸토라는 남자로 태어나 살게 되었습니다. 대대로 국왕님의 식사 당번을 맡았던 집안이었습니다. 당시 페루는 고대 이집트의 영향을 받아 산악지대에 상당한 문명을 이루고 있었습니다.

한때 페루는 외국의 침략을 받았지만 국민들의 희생을 피하기 위해 국왕 스스로 왕 위를 버리고 산 중으로 달아나 인디오들과 함께 신리에 따른 생활을 하면서 그곳에서 모두 평등하고 즐겁게 살았습니다.

페루 이후 나는 이집트에서 훼리카라는 이름의 여성으로 태어나 오디야라카르스디 장군의 아내가 되었습니다.

또 기원전 600년경에는 인도에서 이름을 아리야스타디라고 하는 남자로 태어나 후이후이교의 행자가 되어 히말라야에서 불을 피워 짐승들을 막아내면서 육체 고행을 했습니다. 자아의 번뇌를 없애는 데는 모든 고행을 이겨낼 수 있는 육체를 단련해야 한다며 불가능은 없다는 신념으로 거친 수련을 감행했습니다.

나는 당시 많은 행자들과 함께 수행하고 있는데 고타마 싯다르타님이 오셔서 깨달음의 길이라는 주제로 대화를 주고받은 기억이 납니다. 그러면서 나는 장래에 고타마 싯다르타가 위대한 깨달음을 얻어 많은 중생을 구제할 것이라고 믿었습니다만 나는 그때 이미 너무 늙어서 그날을 보지 못하고 이승을 하직했던 것입니다.

다시 기원 1세기경에 이집트에서 세테리아라는 여자로 태어나 페드로님의 제자 오타오와 결혼했으며 부부가 평생 예수님의 가르침을 함께 전도하면서 검소한 생애를 보냈습니다.

나는 다시 유전하여 5세기에 티벳에서 다다쿠리라는 남자로 태어났습니다. 나는 어려서 불교에 관심이 깊어 인도와 중국의 스님들로부터 가르침을 받고 히말라야에서 육체 고행을 했습니다. 중국에 천태지의라는 고승이 계신다는 소문을 듣고 멀리 중국의 천태산으로 입산하여 천태경과 법화경을 공부하는 승려가 되었습니다.

그리고 8세기에는 중국에서 토완틴 호완틴으로 태어났습니다. 당시의 중국은 문화가 발달하여 학문을 익혀 관리가 되는 것이 최고의 출세였습니다. 나는 열심히 유교를 공부하여 자신이 입신출세를 목적으로 삼았습니다만 후에 그것들이 무의미하다는 것을 깨닫고 모든 집착을 버리고 출가하여 천태산에 입산 불교에 경전했습니다.

그때 일본에서 유학을 온 사이죠 님과 함께 법화경을 공부하여 사이죠 님의 권유에 따라 천태교를 일으키기 위해 일본의 엔랴쿠지(延歷寺)에 가서 젊은 스님들에게 법화경을 강의했으며 후에 귀화하여 일본명을 겐신으로 개명했습니다.

그후 12세기에는 일본에서 여자로 태어나 호죠가문과 연고가 있는 남편을 만났습니다. 남편은 정치가였습니다. 나는 남편과 함께 참선을 공부하다가 남편이 죽은 후에는 세습에 따라 비구니가 되어 가마쿠라에서 조용한 여생을 보냈습니다.

조화의 원을 만들자

지금까지 말씀드린 것처럼 사람은 육체가 죽어도 영혼은 영원히 불멸한 것이며, 사람의 모든 생애의 기록은 잠재의식 속에 분명히 남아있다는 것을 알았습니다.

다카하시 신지 선생님이 늘 말씀하신 것처럼 사람은 본체를 중심으로 다섯 사람의 분신이 차원이 다른 저 세상에서 이 세상에 교대로 육체를 지니고, 마음을 갈고 닦는 수행을 하고 있는 것이 신의 진리입니다.

나는 현세에는 상업지역에서 태어나 자라서 교양도 부족하고 독서도 많이 하지 않았으며 종교에 대해서도 남들처럼 탐구심이 없고 매우 평범한 사람입니다. 그러나 다카하시 신지 선생님과의 인연에 의해 정법을 알고 매일 매일의 생활에 감사하고 보은과 반성을 쌓은 공덕으로 마음의 문이 열려 안심입명 할 수 있게 되었습니다.

지금까지는 자식 복이 없는 신세타령과 고부간의 갈등으

로 온갖 괴로움을 겪기도 했습니다만 생명의 유전을 통해서

인간은 누구나 형제이며 동기생이라는 것을 깨달았습니다.

　고부간의 갈등은 골치 아픈 문제로 대두되고 있습니다만

저마다 마음을 열었을 때는 쉽게 해결될 수 있는 문제라고

생각합니다. 우리는 곧잘 첫 대면하는 사람과 인사를 나눕니

다. 그러나 그렇게 단순히 만난 사람도 그 인연의 기원을 따

져 올라가면 언젠가는 이승에서 만났던 사람입니다.

　인간의 생명은 날줄과 씨줄로 짜여진 직물처럼 한가닥 한

가닥 실끈을 풀어보면 어디선가 교차하고 있는 지점이 있습

니다. 우리는 또 자신의 과거 가르마를 알고 자신의 영성을

연마하면서 그 가르마를 수정해야 합니다. 자신의 과거를 되

돌아보면 누구든 자신에 대해서도 타인에 대해서도 너무나

마음이 굳어있다는 것을 알게 됩니다.

　현세에서는 상대를 용서하는 마음, 즉 관용의 정신을 길러

야 한다는 것을 깨달았습니다. 이런 심경에 도달할 수 있게

된 것은 오로지 다카하시 신지 선생님의 지도와 공덕이라고

진심으로 감사하고 있습니다.

　앞으로는 선생님으로부터 얻은 이 힘을 내 것으로만 삼지

않고 이웃들의 잠재의식 개발에 앞장 서서 노력할 것을 각오

하고 있습니다.

　그리고 내 체험을 통해 말씀드리고 싶은 것은 사람은 어떻

게든 팔정도를 바탕으로 살아야 한다는 것입니다. 그보다 중

요한 일은 없습니다. 우리들은 모두 영혼을 깨끗이 하는 일에 노려하여 형제자매로서 손을 잡고 조화라는 원을 만들고 서로 이끌며 즐겁게 이승의 수행을 다하여 인격 향상에 노력해야 한다고 생각합니다.

우리는 저 세상에서 계획되었다

우리가 이 세상에 살게 된 배경에는 우리가 모르는 불멸의 비밀이 존재하고 있다. 다카하시 신지는 인간 탄생의 비밀을 우리에게 제시해주고 있다. 예를 들면 우리가 모래 속에 자석을 넣으면 모래 속에 섞여있던 철분이 붙어 나온다.

동질의 에너지를 갖고 있기 때문에 만나게 되는 것처럼 우리 인간도 그와 똑같은 법칙에 의해 지상에 태어나기 전에 실제계에서 약속을 사전에 하게 되고 그 약속에 따라 각자 태어나 살고 있는 것이다.

내가 한국의 서울에서 김씨 가문에 태어났다면 나는 저승에서 이미 함께 태어나기를 바라는 영혼들과 치밀한 사전 약속에 의해서 서울의 김씨 가문의 아들로 태어났다는 뜻이다. 이 세상의 이치나 논리로는 납득이 안가는 다소 황당한 이론 같지만 사실은 사실이니 어쩔 수 없다.

우리가 여름방학을 이용하여 여행을 간다고 가정해보자. 우리는 무조건 여행을 떠날 수가 없다. 어디를 갈 것인지, 누구와 함께 갈 것인지 기간은 얼마동안 갈 것이며 교통편은 무엇을 이용할 것이며 여행비용은 얼마나 드는지 꼼꼼히 따져야 한다.

하물며 내 영혼이 저승에서 이승으로 오는데 무작정 막연하게 떠났을 리가 없다. 저쪽 세상에서 이쪽 세상으로 올 때는 면밀한 계획을 세우고 온다. 아메리카 대륙으로 갈 것인가 유럽대륙으로 갈 것인가 혹은 아시아 대륙인가. 어느 대륙으로 갈 것인가. 그 대륙의 어느 나라로 갈 것인가. 누구와 갈 것인가. 어느 부모를 모실 것인가.

부탁과 승낙의 약속 절차를 거쳐 이 세상에 태어났기에 우리의 운명은 예정된 것이라고 할 수가 있다. 우리가 지금 여기 태어난 것 자체가 이미 예정된 운명이다. 출생 환경 또한 자신의 가르마를 수정하기에 가장 적합한 선택에 의한 것이다.

그래서 미래의 예언도 가능한 것이다. 우리는 간혹 내가 태어난 나라나 태어난 가정환경이나 부모님에 대해서 불만을 드러내는 경우가 있다.

"어머니는 왜 날 낳았어!"

어떤 사람들 중에는 자기를 낳은 부모님을 원망하는 경우도 있다. 그러나 그것은 큰 잘못이다. 자신의 현실은 모두 태어나기 전에 스스로가 결정하고 선택한 약속 사항이기 때문이다. 단지 우리는 이 세상에 태어나는 순간 저승과 전생의 모든 기억을 잊어야 하는 틀로 짜여 있기 때문에 모르고 있을 뿐이다.

우리는 부모뿐만 아니라 자기가 사는 환경, 친구나 이웃들 혹은 나와 이 세상에서 인연을 맺고 사는 모든 사람들도 스스로가 선택한 것이다. 자신이 직장에서 늘 만나는 사람이나 친구들 혹은 이웃들도 모두 태어나기 전에 만나기로 했던 약속된 동기생들이니 인연을 소홀히 해서는 안 된다.

자연의 법칙에 우연 없듯이 우리의 인생 역시 우연이란 없다. 우연이란 존재할 수 없고 우리가 사는 삶은 치밀하게 연기(緣起)로 얽힌 필연적인 것이다.

육체의 눈으로 볼 때는 모든 것이 우연으로 보이지만 마음의 눈으로 보면 길거리에서 마주치는 낯선 사람들이나 한 마디의 말을 나눈 사람이라도 모두 인연으로 맺어진 것이며 필연적 의미가 있다.

그래서 이 세상 사람들과는 소매 끝만 스쳐도 3생의 인연이 있다고 불교에서는 말한다. 독자 여러분께서 이 글을 읽게 된 것도 큰 인연이다. 이것은 우연이 아니다. 특히 이 글을 읽고 공감을 느꼈다면 우리는 전생에서 이렇게 글로 만나기로 약속한 사이였을 것이다.

만약 함께 고생길을 걷고 있다면 그것 역시 자신이 택한 것이다. 가난한 집안에 태어난 것도 자신이 선택한 것이다.

"내가 왜 태어날 때 이렇게 가난하고 불행한 가정을 선택해서 태어났겠습니까? 만약 내가 태어날 때 부모를 선택했다면 훌륭하고 멋진 부모를 선택하지 않았겠습니까? 그 말은 믿을 수 없습니다."

혹자는 이렇게 항의할지도 모른다. 그러나 우리가 이 세상에 태어난 목적은 돈이나 부귀영화, 명예, 권력, 지식을 얻기 위해서 태어난 것은 아니다. 그것을 독자들은 인정할 수 있을 것이다.

몇 번이나 반복하는 말이지만 우리가 이승에 태어난 첫째 목적은 가르마의 수정. 즉 업을 고치는 일이다. 그것은 성격상의 결점을 수정하는 일이다. 따라서 개인이 이 세상을 선택하는 기준은 자기에게 가장 알맞은 가르마 수정에 적합한 교재들이 많이 전개되는 환경이 될 수밖에 없다.

그래서 아주 가난하고 어려운 가정환경에서 태어났다면 그 사람은 부자라는 환경을 통해서 겸손과 보시의 자비행을 익혀 영혼을 성숙하게 수련할 숙제를 안고 있는 것이다. 또 자신을 괴롭히는 사람이 있다면 그 괴로움을 통해서 남을 용서하는 사랑의 덕목을 이수해야 하는 것이다.

따라서 지금 내가 당하고 있는 이 세상의 모든 고통과 시련들은 저 세상에서 자기가 이 세상에 올 때 마음의 연마를 위해서 준비한 필연적인 교재들인 셈이다.

나는 가난과 고통을 통해서 영혼의 진실을 깨달았다. 사람들은 각자 부귀영화, 권력과 명예, 혹은 원수로부터의 시달림, 사랑의 시련 등을 통해서 각자 세상의 지혜를 배우는 것이다.

우리에게 모든 우연이란 없고 불필요한 것은 없다. 우리가 처한 환경은 우리 스스로가 택한 최고의 교습장으로 수용해야 한다. 그게 하늘의 명령이다. 또 한 사람의 나의 명령이다.

따라서 이 세상에서 나를 미워하고 고통스럽게 하고 시련을 주는 애물단지는 사실상 나를 연마시키는 좋은 스승이라는 사실을 깨달아야 한다. 예수가 원수를 사랑하라고 했다. 누가 네 뺨을 때리거든 다른 뺨을 내밀라고 했다.

붓다는 원수를 네 부모처럼 공경하라고 말했다. 그들이 그런 말을 한 이유는 바로 그런 깊은 뜻이 있었던 것이다. 이 세상은 나를 괴롭히는 사람이 있어야 내 마음을 볼 수가 있다. 희노애락을 통해서 집착을 깨닫고 보리를 얻을 수 있다.

육체는 육체의 거울을 보고 단정하게 해야 하지만 마음은 마음의 거울을 보고 단정하게 고칠 수밖에 없다. 그렇다면 마음의 거울은 무엇인가? 그것은 상대방의 마음이다. 사람은 사람을 만남으로서 자신의 마음의 움직임을 볼 수 있게 된다.

우리는 친구나 부모님, 대인관계를 통해서 자신의 성격을 알게 된다. 만일 대인관계가 없으면 나 자신을 정확히 알지 못한다. 내 성격조차 알 수가 없다. 무인도에 혼자 산 사람은 자기 성격이 어떤지 알 도리가 없다.

사람의 인생은 대인관계의 일생이다. 만나는 사람이 많고 다양할수록 그 인생은 풍부한 인생이 된다. 많은 거울을 만나 자신의 마음을 비추어 볼 수 있기 때문이다. 하지만 이 풍부한 재료를 육체의 원리와 아욕으로 대하면 그 인생은 실패작이 된다. 영혼의 원리에 따라 살아야 한다.

　인간은 죽으면 끝이고, 만남은 우연이고, 인생은 만족을 추구하는 장소라고 여기는 것이 육체의 원리이다. 인간은 영원한 생명이고, 만남은 필연의 의미가 있고, 인생은 영혼의 수련장이라고 여기는 것이 영혼의 원리이다.

- 《신비(神理)의 언어》중에서 인용

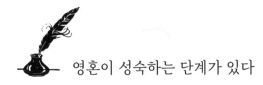

영혼이 성숙하는 단계가 있다

임신 3개월 무렵에 임신부들은 입덧을 한다. 사람들은 입덧이란 그저 생리적으로 으레 하는 것이라고 생각하지만 입덧의 원인은 아주 중요한 인간 탄생의 비밀을 보여주는 것이다. 임신부의 입덧은 새 식구가 내 몸 안에 비로소 들어왔다는 것을 의미한다.

3차원 세상의 한낱 유기물질에 불과했던 태아에게 4차원의 의식 덩어리인 영혼이 입혼하는 순간부터 태아는 완벽한 하나의 인격체로 바뀌는 것이다. 입덧은 바로 그때 발생한다. 왜냐하면 한 몸 안에 두 개의 의식체가 공존하게 되면서 발생하는 불협화음 때문이다.

입덧은 태아와 산모 간의 의식적인 부조화를 뜻한다. 태아와 산모의 마음이 조화를 이루어 공명할 때에는 입덧이 없다. 그러나 그런 경우는 매우 드물다. 왜냐하면 산모의 영혼이 태아만큼 맑고 깨끗하기를 기대하기가 현실적으로 어렵기 때문이다.

물질계의 선배인 어머니의 마음은 아욕과 집착으로 오염

되어 있기가 십상이다. 반면 태아의 영혼은 맑고, 밝다. 가르마가 일정한 수준으로 수정되지 않는 한, 영혼은 지상에 태어날 수 없기 때문이다.

따라서 입덧의 책임은 전적으로 어머니에게 있다. 입덧이 심할수록 어머니의 영혼의 품격과 태아의 영혼의 품격은 그 단계의 차이가 심하다고 할 수 있다. 입덧은 산모가 마음을 반성하여 정화하고 안정시키면 멈출 수 있다.

반성과 동시에 산모는 태아를 위해 기도해야 한다. '저승에서 한 약속대로 이제 모녀의 관계가 성립되었으니 서로 분발합시다. 험난한 현실 생활을 통해서 영혼을 연마하고 풍족하게 하여 지상낙원을 꾸미는데 서로 협력, 노력합시다. 어머니로서의 도리를 다할 것이며 험난한 인생항로를 통해서 진리를 깨달아 실천하는데 소홀함이 없을 것이니, 부디 믿고 안심하기 바랍니다. 잘 부탁합니다.' 하고 한 인격체에 대한 예우를 갖추어 환영의 출사와 격려사를 올리는 동시에 어머니 자신의 각오와 소원을 올려야 한다.

영혼의 원리에 따라 인격 대 인격의 관계를 소중하게 유지하도록 노력해야 한다. 영혼의 격으로 볼 때 태아가 어머니보다 훨씬 더 높은 단계일 경우가 얼마든지 있기 때문이다.

10개월이 되어 아기가 자궁에서 세상 밖으로 나오면서 출생과 동시에 아기의 의식은 모두 잠재의식 속에 빠져버린다. 그때의 의식은 깜깜한 굴속으로 들어가듯 100% 육체 속으로 잠재하여 저승과 전생의 기억을 몽땅 잊어버리게 되는 것이다.

어머니 뱃속의 태아로 있을 때와 양수 밖으로 나왔을 때는 상황이 다르다. 태어나는 순간부터 아기는 엄청난 압력을 받는다. 대기의 압력, 지구의 인력을 스스로 감당해야 한다. 엄마의 뱃속에서는 제 스스로 숨을 쉬지 않아도 되는 안전 보호 속에 있었지만 세상에 나온 후에는 숨을 스스로 쉬어야 한다.

오관에 의존한 육체 생활을 해야 하는 운명이 시작되는 것이다. 운명이 무엇인가? 스스로 생명체를 운전해야 하는 것이다. 이 지상의 눈으로 보면 그는 태어난 것이지만 하늘의 눈으로 보면 그의 영혼은 육체 속에 묻혀 주는 것이다.

그래서 그의 의식은 100% 잠재의식으로 매몰되어 망각과 상실과 무지의 백지 상태에서 번뇌 많은 인생항로를 암중모색(暗中摸索)하게 되는 것이다.

번뇌, 즉 보리의 위대한 사명을 안고 태어난다는 사실조차 잊어버린다. 전생윤회의 과정에서 쌓은 지혜도, 태어나기 전에 서로 교환했던 저승의 약속도, 예견했던 지상생활에 대한 단단한 각오도 모두 잊어버린다. 의식이 몽땅 육체 속으로 잠재해버렸기 때문에 어쩔 수 없는 일이다.

100% 잠재해버린 의식이 육체 성장과 더불어 조금씩 표

면으로 눈뜨기 시작한다. 한동안 물속에 잠겼던 얼음덩어리가 조금씩 그 모습을 물 위로 드러내듯 표면의식이 눈 뜨기 시작한다. 마음이란 의식 작용이 표면으로 부상하는 것이다. 눈, 귀, 코, 혀, 피부의 감각기관을 통한 의식작용이 시작되는 것이다.

마음의 여섯 가지 윤회

불교에서는 인간의 존재가치를 10단계로 나누고 있다. 그
것은 지옥계, 아귀계, 축생계, 아수라계, 인간계, 천상계, 성
문계, 연각계, 보살계, 여래계를 말한다. 그 가운데 지옥계에
서 천상계까지의 6단계를 특별히 육도 윤회라고 구별해 놓
고 있다.

인간계, 천상계라고 말하면 매우 진보된 훌륭한 단계의
위상처럼 들리지만 사실은 정반대의 어둡고 어리석은 의식
의 단계를 말한다. 지옥에서 천상까지의 여섯 단계는 흔히들
인식하고 있는 것처럼 인간 의식의 진보 과정을 나타내는
말이 아니다. 우리가 살고 있는 현실이 바로 육도 윤회하는
미망의 세계로 보고 있는 것이다.

장님이 코끼리를 더듬는 것처럼 어두운 숙명의 동굴을 헤
매고 있는 중생들의 어리석은 삶을 빗대어 한 말이다. 왜 우
리가 사는 현실이 암중모색을 하는 미망의 삶인가?

사람은 태어나는 순간, 본래 갖고 있는 지혜의 덩어리인
진아(眞我)를 잃거나 잊은 채, 업(業;카르마)과 연(緣;환경)에

따라 다람쥐 쳇바퀴 돌 듯 위아(僞我)의 삶을 반복하고 있기 때문이다.

다카하시 신지는 마음에 모양이 있다는 것을 발견하여 우리에게 그 형태가 어떤 모습을 갖추고 있으며 그 기능이 무엇인지를 가르쳐 주었다. 그의 말에 따르면 둥근 고무풍선 모습을 한 마음을 평면도로 설명하면 중심에 상념(想念)이 있고, 그 좌우에 본능(本能)과 감정(感情), 상하에 지성(知性)과 이성(理性)으로 구분되어 있다. 그 마음의 기능들은 의지(意志)적 작용에 의해서 행동으로 나타나게 된다는 것이다.

이 마음의 기능과 육도 윤회하는 가르마의 관계를 아기의 성장과정에 따라 간략하게 살펴보면 마음의 기능 가운데 가장 먼저 눈을 뜨는 것이 본능이다.

인간의 의식 가운데 식(食)본능만큼 집요한 것은 없다. 아기들은 손에 잡히는 것은 무조건 입으로 가져가는 것을 볼 수 있다. 아기들은 잡히는 것이 없으면 손이라도 빤다. 지상의 감옥 같은 육체 속에 영혼이 갇혀버린다고 해서 상황을 지옥계라고 했고, 식본능은 아귀처럼 먹는다고 하여 아귀계라고 했다.

육체 속에 갇힌 마음이 표면의식으로 눈뜰 때는 자기 자신은 육체가 전부이다. 육체가 자기인양 착각하며 자타를 구별하게 되고, 자기 보존의 욕망에 사로잡힌다. 게다가 식본능과 성본능이 독점욕을 불러 탐욕적인 마음이 그치지 않는다. 지옥계, 아귀계가 탐(貪)이라는 독소를 뿌리고 있다.

본능 다음으로 눈 뜨는 의식이 감정이다. 배가 고프면 울고 배가 부르면 웃는다. 좋은 것과 싫은 것, 기쁨과 고통, 만족과 불만, 희노애락(喜怒哀樂)의 감정을 표출한다. 바로 그런 감정대로 사는 삶은 잠시도 조용할 날이 없다. 화를 내고 서로 싸운다. 그래서 축생계와 아수라계가 전개된다. 여기서는 진(瞋)의 독소가 뿌려지고 있다.

아기는 자라 취약 연령이 되면 학교에 들어가서 초등, 중등, 고등교육을 받는다. 그때 마음의 지성 영역이 발달하게 된다. 사람이 지식을 습득한 후에는 짐승과 다른 인간이 되었다하여 인간계라 한다.

하지만 배운 지식이 진리와는 멀고 본성과는 거리가 멀어질 뿐이다. 흑백 논리와 시비와 찬반이 인간 사회를 혼란으로 몰고 갈 뿐이다. 중도와는 거리가 멀다. 자기가 배워 아는 것이 옳다고 우기는 지식의 병, 치(痴)병이 우글거리는 세계가 인간계다.

사람은 원하는 지위에 오르고 돈도 벌고 국회의원, 장관, 박사학위를 따는 등 성취 욕구를 이루면 그 기쁨은 하늘을 찌르는 듯하다. 그래서 유정천(有頂天), 천상계라 하였다. 그러나 권력과 재물, 명예가 얼마나 허망한가. 그것은 죽을 때 모두 일장춘몽 같은 것이 되고 만다.

사람 마음의 기능 가운데 가장 늦게 발달하는 기능이 이성이다. 본능, 감성, 지성을 통제할 수 있는 힘을 가진 유일한 기능이다. 다른 짐승들에게 찾아볼 수 없는 반성이라는 에너지를 발산하는 인간 특유의 의식 작용이다.

이 이성의 힘으로 인간은 만물의 영장다운 위치를 누릴 수 있다 해도 과언이 이니다. 그러나 이 이성이 표면의식으로 작용할 때 자칫 경험주의에 빠진다. 자기가 살아온 경험이 가치판단의 기준으로 작용하여 독선과 완고와 배타에 빠진다.

그래서 사람은 육체 밖의 광명의 세계를 모르는 어리석은 우물 안의 개구리처럼 천상계의 치병(痴病) 환자에 불과하다. 천상계의 기쁜 파장은 지옥계의 고통스러운 파장과 같다. 기쁨이나 고통의 뿌리가 모두 아욕에 있기 때문이다.

천상계와 지옥계는 종이 한 장 차이다. 대통령, 장관, 총수 자리가 형무소의 감옥 자리와 바로 이웃하고 있는 현실을 우리는 눈이 아프도록 목격하고 있지 않는가. 인간계와 천상계에는 이와 같이 치(痴)의 독소가 전염병처럼 만연하고 있다.

탐진치의 삼독이 만연한 현실을 직시하지 못하고 그 흐름에 몸을 맡기고 있는 것이 대부분의 인간들 모습이다. 지혜의 덩어리인 진아(眞我)를 잠재의식에 매몰시키고 육체에 집착한 표면의식의 위아(僞我)를 자신인 것처럼 착각하고 사는 것이 대부분의 인간상이다.

갇힌 영혼을 해방시켜야 한다. 용수철처럼 짓눌린 에너지를 발산시켜야 한다. 어두운 육체의 번데기를 벗고 빛의 나방을 하늘에 날려야 한다. 숙명의 동굴에서 벗어나 사명의 광장으로 나와야 한다. 성문계, 연각계, 보살계 마침내 신불로 지향해야 한다. 이것이 우리에게 부과된 금생의 첫째 과제이다.

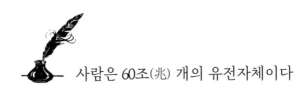 ## 사람은 60조(兆) 개의 유전자체이다

자연은 천 년 전이나 천 년 후나 똑같이 인류를 품에 안고 있다. 무기력하고 어리석은 인간들은 지금 자신들의 터전인 지구 환경을 마구 파괴하고 있다.

제 발밑 함정을 파고 있는 셈이다. 꽃이 피고 새가 노래하고 소가 하품하면서 동물들은 자연을 파괴하지 않고 생명을 만끽하지만 인간은 자연의 생명과 질서의 조화를 깨뜨리고 있다.

인간의 오만이 불러오는 재앙에 귀를 기울이지 않고 있다. 우리는 자연의 목소리에 겸허하게 머리를 숙여야 한다.

신라의 고승 의상대사의 법성계 중에 일미진중함십방(一微塵中含十方)이라는 말이 있다. 물질의 최소 단위 속에 우주가 숨어있다는 뜻이다. 우리 몸의 최소 단위는 세포다. 그 한 개의 세포 핵 속에는 30억 개가 넘는 생명의 설계도인 유전자 정보가 담겨져 있다고 무라카미 자즈오는《생명의 암호》라는 책에서 밝히고 있다.

그러니까 갓 태어난 아기의 경우에는 대략 3조가 되고, 60

킬로그램의 체중을 가진 어른의 경우에는 약 60조의 유전자 덩어리를 보유하고 있는 셈이다. 말하자면 우리 몸은 어마어마한 세포의 집단 유기체로서 머리카락 한 올, 오줌 한 방울에도 생명의 정보가 들어있는 일미진중함십방 그 자체이다.

유전자는 인간만의 전유물이 아니다. 곰팡이, 대장균, 꽃, 온갖 동물들이 동일한 암호인 A아데닌, T치민, C토신, G구와닌 등을 갖고 있다. 인간에게는 언어의 장벽이 있지만 유전자 세계에는 언어의 장벽이 없다는 표현이 맞는 말이다.

불교에서 말하는 여섯 가지 초능력인 육신통(六神通), 즉 천안(天眼), 천이(天耳), 타심(他心), 숙명(宿命), 신족(神足), 누진(漏盡)을 갖춘 다카하시 신지는 세포 하나하나에 마음이 있다고 말했다.

그는 마음의 눈으로 인간의 신체 내장을 천연색으로 투시했으며 내장들과도 대화가 가능할 만큼 영적 능력을 가진 사람이었다. 그는 식물·동물들의 마음을 꿰뚫는 혜안을 가졌으며 죽은 사람의 영혼을 불러 즉석에서 생전의 목소리를 가족들에게 들려주거나 저승생활의 실상과 근황을 일러준 능력을 보여주었다.

그런 말을 하면 사람들은 미신이거나 혹은 혼을 씌운 사람으로 오해하지만 다카하시 신지는 그런 사람이 아니었다. 예수나 석가도 살아있을 때는 일부 사람들로부터 그런 취급을 받았지만 그분들의 진리는 수천 년이 지난 지금도 많은 사람들의 추앙을 받고 있지 않는가?

우리는 단지 그 어마어마하고 정교한 유전자 세계에 경탄만 하고 있기만 할 것이 아니라 그 유전자를 창조하고 설계한 입력자가 누구인가. 바로 거기서 세상을 바라보는 인식의 눈을 떠야한다는 얘기다.

일본의 유전 공학자 무라카미 가즈오는 '극미의 세계를 들여다보면 볼수록 썸씽 그레이트(something great)의 존재를 느낀다'라고 실토했다. 또한 스위스 정신과 의사 칼 융(C.G.Jung)은 '역경(易經)의 점괘가 요행으로 들어맞는다는 말에 나는 반대한다. 내 경험에 의한 명백한 적중률은 우연에 의한 개연성을 훨씬 능가한 확률이었다. 예컨대 역경에서 문제가 되는 것은 우연성이 아니라 규칙적이라는 사실을 나는 의심하지 않는다'고 말했다.

또 일본의 이마이즈미 하사오 씨는 〈생명과학과 역(易)과의 만남〉이라는 글에서 유전자의 구조와 팔괘(八卦)의 구조가 같다는 공통점을 제시하여 세상의 주목을 끌었다.《마음의 발견》으로 인간의 본질과 가치관을 합리적으로 제시한 다카하시 신지는 예수나 붓다처럼 수많은 기적을 보여주었다. 그의 예언은 1%의 오차도 없는 정확한 것이었다.

미래를 예언할 수 있다는 것은 미래가 설계되어 있다는 것을 의미함이 아닌가. 이제 세계는 생명공학이 유전자 세계를 정복해가고 있다. 유전자 변형 식품이 우리 식탁에 올라

유해성 찬반론이 일고 있고, 복제 양 둘리의 탄생은 인간 복제의 불안을 사회적으로 야기시키고 있다.

이제 과학은 인류의 복지 향상과 자연계의 보호 유지라는 인간 본연의 자세를 되찾아야 한다. 우생학적인 진화론에 기만당한 인간의 오만과 독선의 굴레에서 벗어나야 한다.

세계의 노벨상 수상 과학자들과 천재들을 모두 모아 천문학적인 연구비를 쏟아 부어도 사람은 대장균 하나를 만들어 내지 못한다. 우주선은 만들어도 대장균을 못 만드는 것이 인간의 한계인 것이다.

우리는 몇 번이나 이 지구상에 육체를 얻어

생활한 적이 있는 전생의 존재들이다

제3장

영혼은 계속 윤회한다

만물은 끝없이 순환한다

윤회는 연꽃을 연상시키는 불가의 전용어가 아니다. 인간을 포함한 대우주 삼라만상의 질서정연한 변모·이행의 순환법칙을 말한다. 과학 이상의 과학, 만고불변의 진리를 말한다.

지금 물리학계에서는 새로운 소립자 W+(Weak Forces Plus Minus)의 발견으로 흥분하고 있다. 물질 극미의 단위는 원자다. 그 원자는 양자와 중성자로 구성된 핵을 중심으로 음외 전자가 돌고 있는 것으로 밝혀지고 있다.

해를 중심으로 전자들이 원운동을 계속하고 있다는 사실은 태양을 중심으로 지구를 비롯한 아홉 개의 혹성들이 돌고 있는 천체의 자연현상과 조금도 다를 바가 없다.

〈법성계〉의 일미진중함십방(一微塵中含十方)은 바로 그 대목을 말한다. 원자의 핵을 핵의 위치로 붙들어 매는 힘을 강력이라고 말하고, 핵을 방사능처럼 분리·붕괴시키는 힘을 약력이라고 과학자들은 불렀다. 이번에 발견된 플러스 마이너스 W 소립자는 바로 이 약력입자(弱子粒子)를 말한다.

앞으로 과학의 힘이 어느 정도까지 공(空)의 세계에 접근해 나갈지는 두고 볼 일이지만 쉽게 말해서 이 물질계의 현상은 에너지 입자의 결합과 분리의 끊임없는 반복이다.

물이 수증기로 변하여 공기 중에 기화되고 공기 중의 H(수소)와 O(산소)인자가 냉열이라는 연(緣=조건)에 의해서 비나 눈이라는 결과가 생긴다. 다시 열연(熱演)에 의해서 기화하는, 이 끝없는 물의 변모 이행! 이것이 바로 법(法=水+去)의 윤회상을 보여주는 기본의 개념이다.

지구가 자전하면서 태양 둘레를 돌고 밤낮이 되풀이 된다. 춘하추동의 사계절이 순화하고 봄에 꽃이 피며 제비가 날아든다. 겨울 하늘에 눈 내리고 기러기 우는 이 아름답고 신비스러운 자연의 순환 속에서 우리는 끝없는 생명의 유전을 읽을 수가 있다.

사람의 육체도 끝없는 순환의 법칙으로 그 생명을 유지하고 있다. 눈을 감았다 떴다 하는 동작의 되풀이, 수면과 활동이라는 두 가지 동작을 되풀이하는 일상생활의 연속, 심장을 떠난 피는 다시 심장으로 돌아온다.

피 한 방울은 하루에 지구 한 바퀴를 도는 거리의 긴 여행을 하면서 심장과 몸 구석구석의 세포 사이를 왕래한다. 그 동안에 일어나는 신진대사라는 이름 아래 무수한 세포들이 생멸을 되풀이하고 있다.

사람이나 동물은 공기를 마시면서 산다. 숨을 들이마실

때의 공기는 산소이고, 숨을 내뱉을 때의 공기는 이산화탄소다. 한편 식물들은 이와 반대로 숨을 마실 때는 이산화탄소이고, 내뱉을 때는 산소다. 동물과 식물의 상호공존의 호흡 사이를 오가는 산소의 윤회 운동이다.

땅 속에 있는 박테리아, 그 박테리아를 잡아먹는 곤충, 그 곤충을 잡아먹는 작은 동물, 그 작은 동물을 잡아먹는 큰 동물, 그 큰 동물의 시체를 파먹는 박테리아! 자연은 약육강식(弱肉强食)의 잔인성으로 보이는 듯하나, 실상은 불가에서 말하는 공양이라는 자기희생을 통해서 최상의 조화를 보여주고 있다.

이와 같이 윤회는 만물에 영원히 붙어 다니는 순환의 진리다. 생명이나 물질이나 다 같이 진여(眞如=神)의 빛(光=意識=에너지)으로 이루어진 작품이며 그 빛은 영원히 소멸될 수 없는 것이다.

생명은 에너지 불멸의 법칙 아래 영원한 운동을 계속하고 있다. 물질로서 이 지상에 존재한 것은 어느 때인가는 에너지로 기화하여 흔적도 없이 눈에 보이지 않는, 공중이나 지하의 에너지로 동화되어 버린다. 비록 형태는 없어졌지만 그 에너지는 다시 물질로 소생할 때까지 에너지로, 혹은 의식으로 존재한다. 결코 그 수나 양은 줄어들지도 늘어나지도 않는다.

인간의 영혼도 이처럼 대자연의 법칙 아래 전생(轉生)의 윤회를 되풀이하고 있다. 그래서 우리는 지금 생을 누리고 있는 이 세상 이전에도 이 지구상에 육체를 얻어 생활한 적이 있는 과거세의 경력들을 가지고 있는 존재들이다.

〈화엄경 십지품(十地品)〉에 선재동자가 전생을 더듬는 장면이 나온다. 사찰 등에 세워진 과거세들을 기념하는 상징물이다. 기독교에서는 현세와 내세만을 믿고 전생이나 윤회에 대해서 중요하게 생각하지 않는데 그것은 잘못된 것이다.

〈사도행전〉 제2장 12절에 예수님의 제자들이 배우지도 않은 방언을 하는 장면이 나온다. 방언은 그들의 영혼이 전생에서 쓰던 말을 하는 것이다. 지금도 가톨릭의 성령 세미나에서는 실제로 방언들이 쏟아져 나오고 있다. 그 말들은 모두 전생의 언어들이다.

업(業)도 윤회한다. 업은 기독교에서 말하는 원죄의식과 같다. 한마디로 말하면 그것은 육체에 매달리는 집착이며 자기중심의 의식이다. 오관에 사로잡힌 집착인 것이다. 이 집착심은 온갖 번뇌를 낳으며 성격상의 결점들로 나타난다. 분노, 증오, 불평, 시기, 질투, 의심, 아첨, 멸시, 나태, 낭비….

만물이 순환의 법칙 아래 있듯이 업 또한 윤회한다. 악을 생각하면 악의 업이 돌아오고 선을 생각하면 선의 업이 돌아온다. 인과응보(因果應報) 혹은 업보(業報)라고 한다. 뿌리지 않는 씨는 돋아나지 않는다.

사람들은 남에게 보이는 행동이나 말은 잘 가다듬지만 사유의 영역에서는 제멋대로 생각하면서 산다. 생각은 행동 이상으로 큰 결과를 초래한다는 사실을 명심해야 한다. 그래서 마음속에 나쁜 생각을 품으면 좋지 않다. 속으로 남의 물건을 탐냈다면 이미 그것만으로 도둑질을 한 것이라는 것은 그 뜻이다. 남의 여자를 탐냈다면 그는 이미 간음죄를 지은 것이라고 기독교에서는 말하고 있다. 남을 죽도록 미워했다면 그는 이미 폭행 살인죄를 지은 죄인이나 다름없다.

우리의 상념 파장은 1초 동안에 지구 일곱 바퀴를 도는 무서운 속도로 빙글빙글 돌아서 결국 자기 자신에게 돌아온다. 어디 그 뿐인가. 그 악의 파장은 유사한 파장의 곱이 되어 돌아온다.

'남의 눈에 눈물을 흘리게 하면 내 눈에 피눈물 난다.'

이 말은 속담이 아니라 정확한 생명운동의 틀이다. 불교에서는 정사(正思), 정념(正念)으로 이를 경고하여 생활지침으로 삼고 있다.

업의 윤회에서 벗어나는 길은 끊임없는 반성과 노력, 용기로써 자기의 성격상의 결점을 고쳐나가는 길뿐이다.

악의 상념을 자비의 보시 정신이나 박애정신으로 바꾸어나가야 한다. 소아의식을 대아의식으로 바꾸어나가야 한다. 업의 윤회에서 벗어나는 경지, 그것이 바로 해탈이다.

물이 바로 법이다

원효대사를 생각해 본다. 어느 날 밤, 극심한 갈증을 느끼면서 잠을 깬 원효는 어둠 속을 더듬거리다 가까스로 물웅덩이를 하나 찾아낸다. 그는 그 물로 시원하게 갈증을 풀게된다.

아침이 되어 간밤에 갈증을 풀어준 그 웅덩이를 다시 찾은 원효는 놀라 쓰러질 뻔했다. 눈앞에 드러난 것은 썩은 물구덩이였다. 구더기가 우글거리는 해골바가지도 뒹굴고 있었다. 금방 메스껍고 속이 뒤틀려 간밤에 마신 물뿐만 아니라 창자 속 묵은 음식까지 모두 토해 내고 말았다.

간밤의 물이나 아침의 물이나 그 물이 그 물인데 자신 안에 벌어진 양극단의 변화는 너무나 엄청났다. 원인이 무엇일까? 마음이다. 번개 같은 계시가 원효의 머리를 때렸다.

원효대사는 그 자리에서 당나라로 가던 유학길을 포기하고 다시 서라벌로 되돌아갔다. 이 이야기는 웬만한 사람이면 다 알고 있는 너무나 유명한 원효대사의 깨달음 장면이다.

원효대사는 구더기가 들끓는 물을 맛있게 마시고 큰 법을 깨쳤지만 오늘 우리는 페놀·벤젠 등이 섞인 독극물을 마시고 스스로 법을 짓밟아온 범법자가 되었다. 스스로 감당해야 할 당연하고 필연적인 업보를 되씹어봐야 할 것이다.

법(法)은 물이 흘러간다는 뜻이다. 자연의 법칙에 순응하고 있음을 나타낸다는 말이다. 물은 고체, 액체, 기체의 3체를 거치면서 천지간을 윤회하는 순환운동을 통해서 만물을 살리고 물 자체의 생명도 유지한다.

물 자체의 생명이 영원하다는 것은 물의 질량에 변화가 없다는 뜻이다. 물은 영원히 줄어들지도 않고 늘어나지도 않는다. 사람도 과거와 현재, 미래의 삼세를 거치면서 이승과 저승을 윤회하는 영원한 생명체다.

지구에서 물이 차지하고 있는 비중은 71%, 인체에서 물이 차지하고 있는 비율도 평균 71%다. 아이들은 수분이 평균치보다 많고 늙은이는 적다. 육체가 늙어감에 따라 수분의 감소도 비례한다. 따라서 물을 많이 마시는 건강법도 이 기회에 새겨둘 만한 일이다.

동양인의 체내 수분율이 서양인에 비해서 높다는 것은 익히 알려진 사실인데 이것은 우리의 창자인 대장과 소장이 서양인의 창자보다 1m 내지 1.5m나 길기 때문이다. 창자가 긴 짐승은 초식동물이다. 우리는 긴 창자를 많은 물과 많은 섬유질로 채워야 건강을 누릴 수가 있다.

WHO(세계보건기구)에서는 인류 질병의 80% 이상이 마시는 물과 관련이 있다고 강조했다. 1955년에 이미 '깨끗한 물이 건강을 만든다.(Clean water means better health)'라는 표어를 걸고 물 보호에 앞장섰다. 금수(錦繡)강산을 자랑하는 나라가 금수(禽獸)강산으로 곤두박질치는 공해물을 쏟아내고 있으니, 이 책임은 정부 당국자에게만 있는 것이 아니라 국민 각자의 의식수준에 있다고 하겠다.

물은 낮은 데로 흐름으로써 그 맑음과 겸손을 유지한다. 물이 흐름을 멈추고 한 곳에 머물러 있으면 수질은 더러워지고 썩는다. 우리의 마음도 똑같다. 물질에 집착하여 아욕에 붙들려 있으면 마음엔 때가 끼고 더러워질 뿐만 아니라 남에게도 독을 뿌리게 된다.

집착은 마음의 안정을 잃게 하고 남과의 조화도 무너뜨린다. 법은 이런 의미에서 마음에 집착이 없고 사로잡힘이 없음을 뜻한다. 마음이 중도를 이탈하면 자신도 괴롭고 다른 사람들도 힘들어진다. 사소한 일에도 다툼이 일어나고 서로에게 상처를 주게 마련이다.

남들과 자신이 같이 살아갈 수 있는 것은 마음가짐에 있다. 마음이 자연스럽고 담담하게 흐르도록 집착 없이 생활하는 길뿐인다. 그런 마음은 모든 이에게 이로운 물 같은 행복을 안겨줄 것이다.

– 다카하시 신지의 저서《마음의 법이 있어서》중에서 인용

인생은 무상한 것인가?

몇 해 전에 태어나서 11살 때까지 살았던 옛 생가를 찾아간 적이 있었다. 경주시 건천읍 천포리 중마을. 다시 찾아가 보아야 만날 리도 없는 돌아가신 부모님과 2차 대전 때 전사한 형, 그리고 6.25전쟁 때 학병으로 나가 꽃다운 나이로 요절한 아우, 그들 고인들이 살았던 모습을 떠올리면서 나는 어린 시절의 추억을 회상했다.

그런데 한가지 놀라운 것은 내가 살던 생가가 너무 작고 초라했다는 점이었다. 그 집은 두 팔을 벌리면 그대로 품 안에 안길 것만 같은 아주 작은 초가집으로, 바람이 불면 금세 무너질 듯했다.

그 집 뒷채는 아예 바람에 날아갔는지 형체도 보이지 않았다. 그 크던 지붕과 대들보가 고작 이렇게 작은 것이었단 말인가. 새벽이면 노란 감꽃이 보석처럼 깔려 어린 내 마음을 유혹하던 그 넓고 훤하기만 하던 골목길은 두 사람이 비껴가기가 힘들 정도로 비좁고 답답하게 느껴졌다. 나는 《걸리버 여행기》에 등장하는 초미니제국에 온 것 같은 착각에 빠진 것만 같았다.

"아이고 이게 누구고? 삼덕이 아잉가. 색시처럼 곱던 얼굴이 인제 할배가 됐네."

누군가 내 손을 잡고 반겨줄 것만 같았지만 앞집 해철이 엄마도, 뒷집 태화네 엄마도, 아랫집 운찬이, 서너 집 건너 억수네 엄마도 이제는 보이지 않았다. 엄마들뿐만 아니라 네 명의 소꿉동무들도 이제 이 세상에 살고 있지 않았다. 고향 집을 찾아가는 일처럼 인생의 무상함을 실감나게 하는 일이 또 어디 있겠는가.

불교에 제행무상(諸行無常)이란 말이 있다. 이 세상에서 벌어지는 모든(諸) 생활행위(行)는 항상(常) 그대로 있음이 없다(無)는 뜻이다. 사실 그렇다. 대우주 천체들의 운행이며 인간의 일생을 비롯해서 한 마리의 벌레, 한 포기의 풀에 이르기까지 어느 것 하나 그대로 정지상태에 있는 생명행위라곤 없다.

해는 동쪽에서 떠올라 서쪽으로 지고, 꽃이 피었다 싶으면 어느새 낙엽의 가을이 찾아든다. 구름과 물은 쉼 없이 어디론가 이동하며 태어나고 죽는 순환운동을 되풀이하고 있다.

마찬가지로 우리의 육신도 언젠가는 죽어 없어진다. 젊음을 언제까지나 그대로 유지할 수는 없는 노릇이다. 팽팽하던 얼굴은 어느새 수세미처럼 구겨지고 거울보기가 싫어졌다는 사람들의 푸념도 여기저기서 들린다. 내가 애지중지 키운 자식들이 하나 둘 품에서 떠나고 나면 늙은 외짝이 된 부모는 쓸쓸한 여인숙의 잠자리 같은 고독감에 잠기기도 한다. 그리고 언젠가는 죽는다.

그래서 인생은 무상하다고 하여 허무와 고독, 애수에 잠기는 사람도 우리 주위에는 많다. 하지만 이것은 큰 잘못이다. 무상인 것은 사실이나 인생은 결코 허무한 것도 비정한 것도 아니다. 무상을 무정으로 느끼는 것은 무상의 참뜻을 헤아리지 못하는 갇힌 마음 때문에 비롯된다.

무상에는 중대한 의미가 담겨져 있다. 다름 아닌 의식의 존재다. 제행(諸行)은 구름처럼 시시각각으로 변화하지만 제행 뒤에 숨은 생명 그 자체의 의식은 영원히 변화하지 않는 불생불멸의 모습을 보여주고 있다는 사실이다. 구름의 형상은 새롭게 태어났다가 사라지는 것 같지만 구름 자체의 생명 에너지는 영원하다.

일본의 유명한 화상(和尙) 잇큐가 벚꽃이 만발한 어느 봄날 산중에서 산적들을 만났다. 가진 물건이라곤 아무것도 없는 스님이라는 것을 알자, 산적들은 심술이 났다.

"불법이 어디 있느냐?"

산적들이 다그쳤다. 그러자 잇큐가 말했다.

"세 치의 가슴 속에 있다."

"어디 한번 그 불법 좀 구경이나 해보자."

산적들이 칼을 뽑고 대들었다. 이에 잇큐는 다음과 같은
단가를 읊고 이 위기를 모면했다.

봄만 되면 무더기로
피어나는 벚꽃이거늘
어느 한번 베어보라
벚나무 속에 꽃주머니 있는가

아인슈타인은 "극미의 세계를 관찰하면 할수록 거기 뛰어
넘을 수 없는 신비한 수수께끼가 앞을 가로 막는다. 그래서
나는 신의 존재를 인정하지 않을 수 없다."고 말했다.

이 현상계는 생멸과 변화를 거듭하고 있지만 그 운동 리
듬은 결코 제멋대로가 아니다. 일정한 질서와 조화를 잃지
않고 있다. 한 개의 돌멩이도 원자로 구성되어 있으며 그 원
자 세계는 핵(양자+중성자)을 중심으로, 음외전자가 회전운동
을 계속하고 있다는 사실을 현대 물리학은 밝혀주고 있다.

지구의 궤도는 억 년이 지나도 일정하고, 공기 중에 함유
되는 산소의 비율은 언제나 21%로 일정하다. 지구의 수분은
71%, 인체의 평균 수분도 71%를 언제나 유지하고 있다. 이
현상계를 질서 정연하게 중도로 컨트롤하고 있는 우주의식,
절대자의 존재를 간과할 수 없다.

이 절대자를 기독교에서는 하느님, 불교에서는 진여(眞如)

라고 부르고 있지만 우리는 굳이 그런 용어에 매달릴 필요
는 없다. 생명의 실상을 인식하고 그 실상에 자신을 조화시
키는 생활의 실천이 중요할 뿐이다.

　무상이야말로 끊임없이 순환운동을 되풀이하고 있는 영
원한 생명행위이다. 만일 움직이지 않고 멈추어 선다면, 즉
유상의 상태가 되었다고 한다면 그것은 바로 생명활동의 정
지, 곧 죽음을 의미한다. 무상을 유상으로 붙잡아두려고 하
는 인간의 욕심이 발동할 때 괴로움이 생겨난다. 아욕이 눈을
가리면 생명의 실상은 보이지 않고 무상이 부정으로 보인다.
　무정이 무상으로 바뀔 때 인간은 비로소 참다운 자신을 발
견한다. 비록 육체는 태어나서 늙고 병들어 죽지만, 그 육체
의 주인인 마음은 우주의식과 서로 연결되어 있으며 영원하
다는 사실을 깨닫게 된다. 우리 의식 가운데 겨우 10%만이
오관을 통해서 작용하고 있기 때문에 이 엄청난 소식을 우리
가 모르고 있을 따름이다.
　인간은 누구나 다 예외 없이 그의 잠재의식 속에 무한한
지혜를 간직한 초능력의 신령적 존재다. 공기를 숨 쉬고 음
식을 먹고 대소변을 배설하면서 죽음으로 치닫고 있는 이 무
상의 일상이 기적 중의 기적임을 자각하고, 이 무상에 감사
하고 사랑의 실천으로 보답할 때 우리의 인생은 무정이 아니
라 생사를 초월한 법열의 기쁨으로 충만할 것이다.

그런 가운데 영혼의 진화도 있고, 인류사회의 불국토·유토피아도 기약할 수 있게 된다. 무상은 무정이 아니라 자비며 사랑이다.

- 다카하시 신지의 저서《마음의 법이 있어서》중에서 인용

보시는 당연한 의무다

보시라고 하면 남에게 재물을 나누어준다든가, 육체적인 봉사를 한다든가, 괴로운 이에게 따뜻한 위로의 말 한마디를 건네준다든가 하는 개념에만 사로잡혀 있는 것 같다.

그래서 보시는 내 힘이 닿으면 하고 힘이 닿지 않으면 안 하고, 힘이 있어도 마음이 내키지 않으면 안 할 수도 있는 자의적인 권리행사처럼 착각을 하고 있지 않은지 염려스럽다.

보시는 할 수도 있고 안 할 수도 있는, 그런 안이한 일이 아니라 모든 인간에게 부여된 필수의 과제요, 사명이요, 의무다. 보시야말로 정법의 현시며 우리들 스스로가 한량없는 보시의 은총 속에서 살고 있기 때문이다.

불교는 정법(正法:Dharma)이다. 법만을 믿고 법만을 의지하고 법을 실천하라는 것이 석가세존의 가르침이다. 그런데 이 정법은 세 개의 기둥으로 이루어진다. 대우주의 의식(空), 윤회(輪廻), 자비(慈悲)가 바로 그것이다. 보시는 자비의 구현이며 명시요, 증명이다. 대자대비한 마음이 자연계의 현상으로 나타나는 것이다.

소우주인 인간의 마음 또한 자비가 그 근본임은 당연한 일이다. 자연을 훑어보면 태양, 공기, 물, 산천초목 어느 것 하나 우리의 생명을 유지하는 데 없어서는 안 될 소중한 무상의 보시가 아닌 것이 없다. 그래서 우리의 육신은 자연의 무한한 은혜를 입으면서 살고 있다.

정법은 우리에게 1초 동안에 200만 톤의 석탄을 태운 만큼의 막대한 태양열을 수억 년 동안 잠시도 쉬지 않고 내려 보내주고 있다. 그런데 그 난방비를 한 번도 요구한 적이 없다고 말했다. 정법은 우리가 일생 동안 숨을 쉴 수 있도록 산소를 공급해 주어도 돈을 요구하지 않는다. 정법은 우리가 마시고 있는 물값도 청구하지 않는다. 우리를 양육해주는 보시의 요람은 자연에서 다시 부모님으로 옮겨진다.

사람은 25세까지를 성장기로 보고 있다. 하루 숙식비를 1만 원씩 잡고 유아양육 특별수당, 대학까지 졸업했을 경우의 학비, 옷값과 병원비 등을 계산하면 2억 원이 넘는다는 계산이 나온다. 그러나 부모는 자식에게 25년간의 양육비를 청구하지 않는다. 그런 부모는 하늘 아래 없다. 어디 그뿐인가. 돈으로 환산할 수 없는 부모님의 정신적·육체적 희생은 실로 헤아릴 길이 없다. 부모님의 은혜는 죽을 때까지 갚아도 부족할 것이다.

사람은 그 능력이나 특기에 따라 제 나름대로의 일을 하면서 서로 공존하고 있다. 혼자서는 살지 못한다. 서로 도움을 주고받아서 우리는 비로소 안정된 삶을 살 수가 있다. 인간의 보시는 보은의 행동적 표현에서 그 출발점을 찾아야 한다. 감사하는 마음은 말에 그쳐서는 안 된다. 감사하는 마음은 반드시 행동으로 보여주어야 한다.

자연에 대한 감사는 자연보호라는 행동으로 유도하고 음식에 대한 감사는 쌀알 하나라도 아끼는 절약하는 모습으로 보여주어야 한다. 부모에 대한 감사는 효도로써 해야 하고 인류에 대한 감사는 봉사활동으로 보여주어야 한다. 자연보호나 절약, 효도나 봉사활동은 우리가 해도 되고 하지 않아도 그만인 것이 아니라 인간으로서 마땅히 해야 할 도리이자 의무며 사명이다.

그래서 보시에는 자기 과시가 있을 수 없다. 보시에는 미리 계산된 보답이나 대가가 있을 수 없다 자기희생이 있을 뿐이다. 자기에게는 엄하고 남에겐 관대한 봉사정신이 있을 뿐이다. 보살심(菩薩心)이 있을 뿐이다.

— 다카하시 신지의 저서《마음의 법이 있어서》중에서 인용

"그렇다면 나는 장사를 하고 있으니 다 틀렸네."

그렇게 탄식하는 사람이 있을 수 있다. 장사를 하고 있다고 한탄하지 않아도 된다. 팔정도(八正道)에 정업(正業)이라는 훌륭한 지침이 있다.

자기가 수고하는 만큼의 정당한 이익을 붙여서 파는 판매자와 구매자, 그 어느 한쪽도 기울어지지 않는 중도의 입장에서 공정한 거래가 되도록 열심히 땀 흘리는 것 또한 훌륭한 봉사며 보시다.

우리는 군이 아프리카의 원주민을 위해서 여생을 바친 슈바이처 박사나 노벨평화상을 수상한 테레사 수녀를 모범으로 볼 필요는 없다. 길바닥에 떨어진 유리조각을 줍고, 산천에 흩어진 휴지를 줍고, 버스에서 노인이나 환자에게 자리를 양보하고, 가정에서는 집안일을 한 가지라도 도우면 된다.

남이 알아두지 않는 작은 것이라도 성의껏 일하는 모습, 그 자체가 바로 가족이나 이웃, 인류를 위한 자기희생이며 보시임을 알아야 한다. 가끔 힘든 일을 하면서도 짜증스러운 얼굴 하나 짓지 않고 시종 웃음과 친절로써 손님을 대하는 사람들을 보면 〈금강경〉이나 〈법화경〉을 대하는 듯 마음이 훈훈해진다.

연주에 몰두하고 있는 피아니스트나 가사에 열중하고 있는 주부의 모습, 농사에 구슬땀을 흘리고 있는 농부의 모습들은 때로 선의 경지를 음미하게 한다.

태양은 태양으로 빛나고, 산은 산으로 돌아앉았고, 물은 물로 흐르고, 나무는 나무로서 섰고, 오랑캐꽃은 장미 아닌 오직 오랑캐꽃으로 열심히 피어 있는 자연을 보는 듯하다.

분명히 말해서 인간은 그 자체가 바로 정법이다. 그러니 우리의 행위는 하나에서 열까지 모두가 보시로 이루어져야 함은 두말 할 나위가 없다. 남이 보건 말건, 누가 알아주건 말건, 대가가 있건 없건, 극락에 가건 말건, 그건 상관할 문제가 아니다.

오직 인간의 도리를 다한다는 무작위의 보시수행이 쌓여질 때 우리는 비로소 인간은 모두 하나라는 것을 깨닫게 될 것이다. 남을 위하는 길이 바로 나 자신을 위하는 길이라는 것을 알게 될 것이다.

내 가치는 내가 정한다

마음속에 한 개의 잣대를 지니지 않고 사는 사람은 아무
도 없다. 누구나 나름대로 잣대를 마음속에 간직하고 세상을
살아간다. 왜냐하면 생활 자체가 가치를 좇은 움직임의 연속
이므로 우리는 날마다 수없이 만나게 되는 인물·사물·사
건들을 제가끔 값 매김 하면서 살아가게 마련이기 때문이다.

그런데 이 잣대가 사람마다 서로 다르다는 데 문제가 있
다. 가치관도 다르고 잣대의 크기며 눈금도 다르다. A는 돈,
B는 권력, C는 지위·명예 등으로 저마다 가치관이 다르고
잣대의 기준도 인간의 얼굴만큼이나 다양하고 복잡 미묘하
다. 말하자면 일정한 기준이 없다. 일정한 기준이 없기 때문
에 백 명이면 백 가지, 천 명이면 천 가지 다른 목소리가 난
다.

다행히 길이, 무게, 용량 등의 거래에서는 세계가 통일된
도량형을 쓰고 있으니 분쟁의 불은 일단 막았다고 하지만
인간의 잣대가 자기중심에서 벗어나지 않는 한, 시비의 소음
은 그치지 않는다. 작게는 부부간의 미묘한 부조화에서부터

고부간의 갈등, 노사간의 분쟁, 여야의 싸움, 한글과 한자의 말씨름, 열거하자면 끝이 없다

가장 심각한 것이 종교간의 충돌이다. 대영제국과 맨몸으로 맞서고서도 살아남았던 인도 독립의 성웅 간디도 자국의 한 광신도의 총탄에 쓰러졌다. 종교연구가 탁명환 씨의 피살 사건은 불행한 현실의 단편이 아닐 수 없다.

세르비아 정교, 가톨릭, 이슬람교의 세 종파가 맞물려 있는 보스니아 사태는 인간 청소라는 극단적인 비극을 처참하게 보여주었다. 평화를 목적으로 하는 종교가 파괴와 살인까지 거침없이 저지르고 있으니 새삼 잣대의 문제를 들고 나오지 않을 수 없다.

먼저 가치관의 기준부터 찾을 필요가 있다. 가치의 개념은 효용이다. 돈의 가치는 돈으로 무엇이든지 필요한 것을 살 수 있는데 있다. 하지만 로빈슨 크루소처럼 절해의 고도에서 혼자 살 때에는 몇 억의 재물도 아무 가치가 없다. 이처럼 가치라는 것은 효용이 있는 동시에 상대적인 것이다.

인간성이야 어찌되었든 돈, 지위, 명예, 재능을 갖춘 사람이면 윗자리로 대접받고 있는 것이 현실이다. 그러나 이런 가치 판단이 퍽 어리석다는 것은 짧지 않은 인생경험을 통해서 우리는 익히 알고 있다.

인간의 가치를 결정짓는 판단의 기준은 첫째도, 둘째도 절

대불변의 척도이다. 절대불변의 모습은 대자연에서만 찾을 수 있으며 그런 대자연이면 틀림없을 것이다. 즉 대자연의 척도로써 인간을 평가한다는 것이다. 이 가치 판단은 인간을 올바르게 평가하는 동시에, 한편 우리들의 생활을 불안과 초조에서 해방시켜 안심입명에 들게 할 것이다. 그렇다면 자연의 척도란 무엇일까?

첫째는 지구라는 대지다. 지구가 우주 공간에 창조된 이후 지구 자체의 변화, 변형은 지금까지 한 번도 일어나지 않고 있다. 인간과 생물이 살아갈 수 있도록 하기 위한 땅 고르기로서 또는 인간들의 아욕이 빚은 흠집으로서 약간의 변화가 있었을 뿐 지구는 항상 건재하며 우리를 지켜주고 있다.

둘째는 물이다. 기체, 액체, 고체의 세 가지 모습의 순환을 되풀이하면서 결코 그 분량을 불리거나 줄이는 일 없이 몇만 년 몇 억 년 동안 지상의 생물이 살아갈 수 있는 힘을 주고 있다.

셋째는 태양이다. 몇 번이나 되풀이하는 말이지만 태양의 광열 에너지는 만생만물의 근본이라고 할 만큼 이것 없이 생물의 생존은 불가능하다. 인간이 지상생활을 하기 이전부터 태양은 존재했으며 그 광열 에너지는 조금도 변함없이 방사되고 있다.

넷째는 공기다. 산소, 탄산가스 등의 혼합물질인 무색투명한 공기는 지구 둘레를 에워싸고 있으며 결코 우주 공간으로 뛰쳐나가지 않는다. 인류의 수가 늘어나고 공기를 필요로 하는 생물의 수가 늘어나도 공기의 양은 일정 불변, 가감이 없다.

다섯째는 우주다. 지구라는 혹성, 태양이라는 항성이 존재할 수 있는 것도 우주라는 공간, 우주라는 무한한 넓이와 통제가 있기 때문에 가능한 것이다. 우주는 하염없는 생명의 모체이고 지혜와 창조의 원천이다.

이상 다섯 가지가 인간의 가치 판단의 척도(대지, 물, 태양, 공기, 우주)이다. 이것을 천태지의 지수화풍공이라고 말했다. 이와 같은 대자연의 척도는 항상 절대불변의 입장을 지켜 불어나지도 않고 줄어들지도 않는 중도(中道)의 법 아래 살아 있다.

인간이 이 중도라는 자연의 모습을 척도로 삼고 생활한다면 한없는 진보와 조화가 약속된다. 왜냐하면 자연은 중도를 축으로 삼고 조화를 이루고 있으며 조화야말로 싸움이 없는 세계이고 파괴가 없다. 그 만큼 진보의 분량이 늘어나게 마련이기 때문이다.

전쟁을 발명의 어머니라고 보는 사람도 있는 것 같지만 인류의 의식이 자연이라는 가치와 조화에 눈떴을 때는 발명, 발견은 욕심에서 생겨나는 것이 아니라 인류 전체의 행복이라는 자각과 의무감에서 힘차게 솟아날 것이다.

우리들은 의식을 그 수준까지 높일 필요가 있다. 그렇지 않으면 우리들의 환경은 물론 우리들의 생활 그 자체가 가로막혀 버릴 것이다. 전쟁, 파괴, 인플레인, 실업 그리고 경제 우선, 가치의 끊임없는 변화, 이러한 악순환에서 인류는 영원히 벗어날 수 없을 것이다.

이런 어지러운 불안과 혼미의 세계에서 한 사람 한 사람이 벗어나 인간의 마음의 위대성과 가치의 척도를 정확하게 인식함으로써 안심과 희망의 세계가 열릴 것이다.

자연의 척도는 인간의 평가뿐만 아니라 정치, 경제, 문화, 교육, 과학, 후생, 노동 모든 분야에 그 가치관을 심어준다. 즉 대자연을 기본으로 한 정법 신리라는 인간의 전 인격에 걸쳐 영향을 주고 작용하며 가르침을 주는 살아있는 경이라고 할 수 있다.

－《심행(心行)의 언혼(言魂)》중에서 인용

신을 알고 싶으면 대자연을 읽어라 신을 만나고 싶으면 너의 마음을 거울처럼 닦고 그 속을 들여다보아라. 일본의 니노미야 손도쿠도 "소리도 없이 향내도 없이 하늘과 땅은 글자 없는 경을 날마다 되풀이 쓰고 있네"라는 글로, 자연이야말로 살아있는 불경이며 최고의 스승이라고 말했다.

우리의 잣대는 서로 다르다는 데 문제가 있었지만 그것은 어디까지나 분자의 자리일 뿐 우리가 공통분모의 잣대를 찾을 때 문제는 해결된다고 본다. 대자연은 그것을 끈기 있게 바라고 있다.

나이 어린 두 형체가 싸웠다. 분을 이기지 못한 아우가 아버지에게 여차여차해서 형이 자기를 때렸으니 형이 나쁘다고 일러바쳤다. 그러자 아버지가 "네 말이 옳구나"라고 대답했다.

이번에는 형이 찾아와 아버지께 동생이 먼저 잘못을 했다는 말을 했다. 아버지는 이번에도 "네 말도 옳구나"라고 대답했다. 옆에서 이 광경을 지켜보고 있던 어머니가 "영감님, 어느 쪽이 옳고 그른 것을 분명히 밝혀주셔야지, 어떻게 둘 다 옳다고 하십니까?"라며 못마땅해 했다. 그러자 아버지는 "당신 말도 옳습니다"라고 말했다.

위의 이야기는 황희 정승의 일화 한 토막이다. 그는 후일 영의정까지 올라 18년 동안 세종대왕을 도와 태평성대를 이루는 데 한 몫을 했다.

우리의 잣대는 코끼리 구경 갔던 장님 A, B, C와 다를 것이다. 한 그루 나무에 붙들리지 않고 숲도 바라볼 줄 알아야 할 것이다. 별들의 빈틈없는 운행의 법칙을 찾아 자연에 순응하여 순명한 조상들의 슬기도 몸에 익힐 줄 알아야 한다.

대자연의 잣대, 중도의 잣대가 개인뿐만 아니라 정치, 교육, 문화예술, 과학, 경제, 의학, 종교 등 모든 분야에 적용될 때 지상낙원은 기대해도 좋다고 한다면 과대망상일까?

화내면 자신이 부서진다

사람이 화를 냈을 때 체내에서 발생하는 독성은 생각보다 엄청나다. 의사들이 실험해 본 결과에 의하면 한 번 버럭 성을 냈을 경우에는 어항 속의 금붕어 네 마리를 즉사시킬 수 있는 독성이 생기며, 한 시간 동안 계속 성낼 경우에는 쥐를 서른 마리나 죽일 수 있는 분량의 독이 발생한다고 한다.

성난 사람의 얼굴을 보면 처음에는 붉게 상기되었다가 차츰 시퍼렇게 변색한다. 그래서 붉으락푸르락이란 표현도 생겨난 것 같다.

자동차는 휘발유를 힘으로 움직일 수 있듯이 인체는 산소를 태우는 힘으로 움직인다. 근육은 끊임없이 산소를 태우는 살아있는 엔진이다.

그런데 별로 큰 동작도 필요 없이 화는 근육을 비상상태로 긴장시키고 산소 소모량을 급증시키는 생리적 현상을 일으킨다는 사실을 아는 사람은 드문 것 같다.

연료를 태우고 난 뒤에 유독성 탄산가스가 발생하는 현상은 자동차나 인체나 마찬가지다. 그래서 수만 대의 차량과 천만 명이 넘는 인구가 쉬지 않고 토해 내는 이산화탄소가 서울의 하늘을 망치고, 아름다운 별빛을 흐려놓고, 화려한 무지개를 박탈해 버린다.

다행히 나무란 어진 신의 충복들이 이산화탄소를 섭취하고 대신 산소를 내놓고 있으니 새삼 신의 빈틈없는 섭리가 놀랍고 감사하다. 인간은 어떠한 경우에도 화를 내서는 안 된다. 성냄은 자신이 독을 먹는 짓일 뿐만 아니라 남에게도 독을 뿌리는 파괴행위로 돌변한다.

가정이나 직장에서 성을 잘 내는 어른을 만난다는 것은 불행한 일이다. 특히 신경질적인 어머니를 둔 아이는 불행하다. 밭농사는 잡초가 망치고 아이 교육은 어머니의 신경질이 망친다고 해도 과언이 아니다. 아이는 사랑의 꾸지람으로 다스려야 한다.

성냄과 꾸지람은 다르다. 성냄은 자신의 욕구를 강요하는 이기적인 파도지만 꾸지람은 상대방을 옳은 길로 가게 하려는 사랑의 파장이다. 꾸짖는 것은 상대를 아끼는 이타의 행위이고, 성내는 것은 내 뜻을 고집하는 이기심의 행위이다.

꾸지람이 사랑의 행위이니 그 파장은 맑고 잔잔하여 결코 상대를 상하게 하지 않는다. 성냄은 이기의 감정이니 그 파장은 탁하고 조잡하여 상대를 어김없이 상하게 한다.

"그게 얼마짜린데 깨트렸어!" 하고 어른들이 아이를 나무라는 마음은 꾸지람이 아니라 성냄이다. 마음 밑바닥에 아이

보다 깨진 컵이 아깝다고 생각하는 마음이 깔려 있기 때문이다. 반대로 아이의 기를 죽여서는 안 된다는 생각으로 말한다.

"까짓 컵 하나쯤 대수냐, 도자기를 깬들 어떠랴!"

이렇게 방임하는 태도 또한 좋지 않다. 아이에게 조심성 없이 덤벙 대고 남에게 폐를 끼치고도 무신경인, 이기심을 조장하는 것이다.

박정희 대통령은 초등학교 다닐 때 학용품을 사기 위해 돈 대신 어머니가 쥐어준 계란 두세 개를 들고 가야 했다. 학교는 십 리도 넘는 시골길이었다. 어쩌다 넘어지기라도 하여 계란이 깨지는 날엔 연필 한 자루 못 사고 풀이 죽은 채 집으로 돌아왔다.

그런 아들을 본 어머니는 어려운 살림에도 계란이 아깝다는 생각은 하지 않고 언제나 "어디 다친 데는 없니?" 하고 말했다. 박 대통령은 그런 어머니를 늘 고맙게 생각했다.

큰 그릇은 어머니의 큰 가슴이 만든다는 말은 진실이다. 선생님이 두 손을 들어버린 열등생이었던 에디슨은 어머니의 끝없는 인내와 가르침으로 역사에 우뚝 선 발명가가 되었다.

"공부해라, 학원가라, 태권도장에 가라"고 다그치는 성화 밑바닥에 행여 어른의 허영과 이기심이 도사리고 있지 않은지 한번 살펴볼 일이다. 아이에게 화를 내는 어머니일수록 잔소리는 심하고 신경질적이게 마련이다. 사랑의 꾸지람과는 거리가 멀다.

"부모님들은 너무 공부만 강조하고 지나친 기대를 거는 탓에 부담을 느낀다"고, 어린이들이 말하는 장면을 어린이날 텔레비전을 통해서 보았다. 서울 강동구에 있는 어느 초등학교 6학년 어린이 중 73%가 자살 충동을 느낀 적이 있다는 끔찍한 설문조사 결과가 보고되기도 했다.

성냄은 상대를 다치게 할 뿐만 아니라 자신까지 다치게 한다. 고혈압, 중풍, 당뇨, 암 같은 병은 한마디로 피가 혼탁해서 발병하는 성인병이다.

피를 탁하게 하는 술이나 육류 등의 산성식품을 피하고 채식을 선호하는 것도 바람직한 일이긴 하나, 보다 선행되어야 할 적극적인 생활태도는 남을 탓하거나 불평하고 화내는 따위의 좋지 않은 감정을 금하는 것이다.

성내는 것은 자신의 마음에 독을 만드는 일이다. 이미 만들어버린 독은 반성을 통해서 씻어내야 한다. 불가에서는 욕심과 성냄과 어리석음을 마음의 세 가지 독이라 하여 경계하고 있다.

그런데 이상스럽게도 성인병 환자 가운데 정의감이 강한 사람이 많다. 정직과 정의를 흔들어대는 미운 사람들이 너무나 많다는 것도 한 가지 이유는 된다. 우선 길에 나서기만 하면 공중도덕을 지키지 않는 사람이, 얼마나 많은 사람의 마음을 더럽히는지 느낄 수 있다.

성냄은 밖으로 표출될 때도 있지만 속으로 삭일 때가 많다. 입을 열면 시끄러워질 테니 혼자 참고 독을 먹는 것이다. 미운 짓을 한 쪽은 저쪽인데 독을 먹고 있는 사람은 이쪽이다. 이렇게 어리석고 손해보는 일이 없다. 이럴 땐 인욕해야 한다.

인내와 인욕은 다 같이 참는 마음이긴 하나 인내는 일시적인 타협이고, 인욕은 자비와 용서하는 조화의 기다림이다. 잘못을 용서하고 반성·개전하기를 기도하고 기다려주는 사랑의 참음이 인욕이다. 성냄이 없고 애정 어린 꾸지람이 수용되는 가정이나 집단은 평화와 번영을 누릴 수 있고, 마침내는 꾸지람마저 없어지는 낙원이 될 것이다.

나는 도대체 얼마나 참아야 하는가

이제 우리는 하늘에서 소나기 끝에 휘영청 걸리는 그 일곱 빛깔 영롱한 무지개도 볼 수 없게 되었고, 자랑스러운 내고향 경주의 전설만큼이나 많은 이야기들이 보석처럼 깔리는 여름밤 미리내도 찾아 볼 수 없게 되었다.

그렇게 서울의 하늘은 망가진 지 오래다. 지금은 아니지만 예전에는 서울 하늘에 화염병과 최루탄의 분진이 가득 찼었다. 이제 불 냄새가 가신 요즘의 서울거리는 승용차들이 뿜어내는 매연과 배기가스로 가득차 있다.

거리의 플라타너스며 은행나무들은 아무 불평 없이 무성한 잎들을 묵묵히 달고 보도 위에 싱그러운 녹음을 후하게 깔아놓기에 한 점 흔들림이 없다. 자연이 무언으로 가르치고 있는 위대한 인욕의 모습이다.

사람의 일생은 대인관계의 연속이다. 대인관계는 상대적인 것이기 때문에 심리적으로 여러 가지 문제를 발생시켜 괴로움이 되기도 하고, 기쁨이 되기도 한다. 즉 조화를 이루느냐, 타협을 하느냐, 아니면 자신의 의견만을 밀고 나가려다가 공중분해를 해버리느냐 가운데 어느 하나를 택하게 마련이다.

조화와 타협을 각각 저울대에 올려놓으면 조화는 쌍방의 비중이 같은 무게로 균형을 유지할 수 있는데 비해서 타협은 그 어느 한쪽에 비중이 더 걸려 무게가 불균형을 이룬 상태라고 할 수 있다.

조화는 서로 이해하고 양보하는 마음으로 어울렸으므로 피차 마음속에 저항이 없다. 설사 저항이 있다 하더라도 그 무게가 평균화되어 서로 공통의 입장에 서 있으므로 소화불량증엔 걸리지 않는다.

반면 타협은 어느 한쪽이 더 무거우며 그 무거운 무게만큼 언젠가는 상대방에 돌려주어야 하는 불씨를 안고 있다. 이처럼 타협은 적든 많든 어느 한쪽에 인내의 독을 먹이고 있다.

— 다카하시 신지의 저서 《마음의 법이 있어서》 중에서 인용

가장 비근한 예로, 시어머니 앞에 선 며느리의 인내를 들 수 있다. 젊었을 때는 시부모와 남편에게 순종했던 부인이 나이가 많아질수록 그동안 마음속에 쌓였던 무거운 짐을 쏟아냄으로써 남편과 가족들에게 억센 태도를 취하게 되고 가정을 어둡게 해버리는 성질을 가지고 있는 것이 타협과 인내의 몹쓸 점이다.

최근에는 여자의 입장이 강해져서 남편 중심의 일방적인 통행은 적어졌지만, 그럴수록 쌍방이 서로 하고 싶은 말을 거침없이 쏟아내고 조화도 타협도 없는 고집이 일방통행의 모습으로 맹렬하게 부딪치는 경우가 많다.

타협은 심리적으로 인내가 따라와 스트레스로 쌓여 운세나 건강면에 여러 가지 부조화한 현상을 일으킨다. 타협이 없고 조화만이 있는 생활이 바람직스럽지만 현실은 좀체로 그렇지가 못하다.

상대적인 관계가 어느 때는 이해가 불충분하게 되기도 하고, 어느 때는 불만과 불안의 앙금이 마음속에 남아 있기도 하며 심할 때는 노여움의 파도가 일어나기도 한다.

인내의 무거운 짐을 지속적으로 안고 있으면 언젠가는 폭발하여 충돌을 면할 길이 없다. 현명한 생활방식은 타협해야 할 경우에는 타협을 망설이지 말아야 한다.

그러나 그 타협에서 심리적으로 강요당한 인내의 껄끄러운 감정을 계속 마음속에 가두어 두는 것은 현명하지 못하다. 그 타협과 인내를 재료로 삼아 자신의 마음을 조화와 인욕으로 승화시킬 줄 알아야 한다.

인내(忍耐)와 인욕(忍辱)은 얼핏 '참음'의 행위와 같게 보이지만 전혀 다르다. 인내는 아욕(我慾)의 독을 먹고 있는 '참음'이고, 인욕은 이해와 용서로써 조화를 기다리는 사랑의 '참음'이다.

아무리 억울한 일, 욕된 일을 당해도 상대의 오해와 잘못을 용서하고, 참고 기다려줄 줄 아는 인욕의 부동심에서 우리의 영성은 커진다. 원수에게 왼뺨마저 대어주라고 한 예수의 가르침이나 원수를 부모님처럼 공경하라고 한 석가의 가르침은 바로 이 인욕의 덕목을 강조하고 있다. 이제 경주 남산에서 토함산까지 걸쳐지는 거대한 불국토의 무지개가 이곳 서울 하늘에 나타났으면 싶다.

모든 생명은 형상을 가진 채 변화의 과정을 거치면서 살고 있다.

그러나 모습을 변하게 하는 의식, 에너지는 영원히 죽지 않는다.

제4장

존재하는 것은 반드시
소멸한다

 영혼은 진화한다

아주 오래된 이야기지만 안산에 예술인 아파트가 들어서면서 나는 그곳으로 집을 옮겼다. 서울 출퇴근이 힘들었지만 공기 좋고 녹지 공간이 넓은 주거환경이 마음에 들었다.

"고향이 따로 있나 정들면 고향이지"라는 유행가 가사처럼 그곳에서 한둘씩 사귀게 된 문우들이 술판을 벌이면 시끌시끌한 정도로 그 수가 늘어나서 제법 사람 사는 맛도 났다.

하지만 그렇게 사는 동안 잃은 것도 엄청나게 많다. 100세 장수를 기대하던 어머니가 92세의 나이에 돌아가셨고, 장인 장모의 초상도 잇따라 지켜보아야 했다. 오랜 병상에 누웠던 시골 가형도 운명하셨고, 같은 아파트에 살던 시인 낭봉(郎峰)과의 사별에서 온 삶의 적막감도 깊이 느껴야 했다.

그런가 하면 부산에 사시던 고 청마 유치환 선생의 영부인 권재순 여사의 날벼락 같은 부음도 들었다. 불과 사흘 전에 나는 전화를 통해 여사님의 건강한 목소리를 직접 들었다. 생전의 두 분으로부터 돈독한 은혜를 받았으면서도 배은

망덕한 처지가 늘 가슴 무겁기만 하던 나는 서둘러 장례식에 다녀왔다.

온몸을 고슴도치처럼 움츠리게 하던 전날까지의 추위는 가뭇없이 사라지고 잠포록한 날씨에 봄날 같은 이슬비가 내리는 가운데 장례식이 치러졌다.

유족들의 뜻이었지만 교회 목사와 가까운 친지들만 참례한 조촐한 식전이었다. 유치환 선생이 살아 계셨더라면 얼마나 많은 조객들이 문전성시를 이루었을까 하는 생각도 들었다. 여사는 선생의 무덤 옆에 조용히 합장되었다.

파슬파슬 불꽃이 옮아 타듯이
지금 저 하루살이 꽃망울 위에 붙어 타는 것이여
싸늘한 재만 남기고는 불꽃이 온데 간데 없어지듯
그날 나의 덩치만 두고 내게서 가버릴 것이여.

묘역 시비에 새겨진 〈목숨〉이란 유치환 선생의 시가 이슬비를 맞고 유난히 반들거렸다. 이미 25년 전에 승천하신 선생께서 그 동안에 이 시비를 마련해 놓고 영부인을 부른 것만 같아 연신 눈시울이 뜨거웠다.

사람은 왜 태어나며 왜 죽는 것일까? 한 해가 바뀔 때마다 낙엽처럼 하나 둘 떨어져 나가는 둘레의 목숨들, 그래서 사람들은 곧잘 생로병사의 무상을 무정으로 느껴 부질없는 감상과 공허감에 젖기도 하는 모양이다.

불교에 제행무상(諸行無常)이란 말이 있다. 제행(諸行)이란 대우주를 포함한 물질세계의 생활행위를 가리킨다. 그리하여 그 생활행위는 시시각각으로 변화 변모를 되풀이하여 한시도 멈춤이 없다. 다시 말하면 유상(有常)이 아닌 상태다. 생명 있는 자는 잠시도 멈출 줄 모르고 항상 변화하며 움직이고 있다.

제행무상이란 말 속에는 중대한 의미가 숨어 있다. 그것은 신의 뜻이자 생명의 실상이다. 이 세상의 만물들이 형상이 있는 것은 모두 생명의 실상을 통해서 존재하고 있으며 끊임없는 변화의 과정을 거치면서 살고 있다. 비록 형체는 자주 변해도 생명 그 자체의 의식, 즉 에너지는 영원한 변함이 없다.

- 다카하시 신지의 저서《마음의 법이 있어서》중에서 인용

생자필멸(生者必滅)이라는 말이 있다. 존재하는 모든 것은 반드시 멸망한다는 뜻이다. 제행이 무상이기 때문에 생명은 무한대로 살아갈 수 있다. 만일 제행이 무상이 아니고 유상이면 물질세계는 멸망할 수밖에 없다. 유상이란 바로 생활행위의 정지를 의미하기 때문이다.

늘 유상의 모습으로 있는 조화나 마네킹을 보면 짐작할

수 있는 일이다. 생화에는 생명이 숨어 있으므로 변화하는 것이고 조화에는 생명이 없으므로 변화하지 않는다.

생각해 보자. 이 세상이 어느 날 "앗!" 하는 소리와 함께 일시에 그 모든 만물의 움직임이 정지된다면 어떻게 되겠는가. 살고 죽음은 움직이는 것이지만 형상만 있고 죽음이 없는 세계는 생명이 없는 정지의 세계나 다름없다.

물질로 이루어져 있는 이승과 의식으로만 이루어진 저승이 있기에 영혼의 윤회가 가능한 것이므로 이 세상에 생사가 있고 멈출 줄 모르는 동적인 생명의 영원이 있게 되는 것이다. 결론부터 말해서 우리에게 죽음이란 없다. 단지 그 모습이 우리 앞에서 사라질 뿐이다. 영혼의 거주지가 차원이 다른 세상으로 옮겨질 뿐인 것이다. 이 무상을 통해서 영혼의 진화가 가능하다. 우리가 이 세상에 태어나는 목적의 첫째가 심성을 잘 닦는 일이며, 그 둘째가 지상에 낙원을 건설하는 일이다. 낙원이란 우리가 사는 세상을 행복하게 만든다는 뜻이다.

– 다카하시 신지의 저서《마음의 법이 있어서》중에서 인용

인간이 동물과 다른 점이 세 가지가 있다. 그것은 창조의 자유, 선택의 자유, 반성의 능력이다. 선택과 창조의 자유가 물질에 집착한 이기심으로 작용할 때 괴로움이 생기고 그

만큼 영혼은 오염된다. 영혼의 오염을 정화하는 길은 반성뿐이다.

무상의 인생엔 승자도 없고 패자도 없다. 합격자도 없고 불합격자도 없다. 오직 대화합과 조화를 향한 영원한 전진의 땀 흘림이 있을 뿐이다.

살아갈수록 날로 새로워지는
오늘은 참으로 신비한 구면이다

내가 쓴 〈오늘〉이라는 시의 마지막 구절이다. 무상의 의미 해득과 반성의 힘으로만 체험할 수 있는 대목이 아닐까 싶다. 사랑과 반성의 빛으로 365일을 한결같은 새날로 살고 싶다.

삶에는 변화의 사이클이 있다

한 해가 저물면 사람들은 누구나 나이를 한 살씩 더 먹는
다. 10대는 20대, 50대는 60대가 된다. 그 연륜 속에서 변화
하는 자신을 보게 된다. 우리 인생에는 유년·소년·청년·
장년·노년 이렇게 신체적인 변화의 사이클이 있다. 그것이
삶의 나이테이다.

소년·청년기에는 나이를 빨리 먹고 싶어 한다. 빨리 어른
이 되고 싶기 때문이다. 노년기에는 나이 먹기를 싫어한다.
거울에 비치는 주름살과 가을바람에 흩날리는 흰 머리카락
을 보고 애수에 젖는다. 늙고 병들어 죽기가 싫은 것이 모든
사람의 마음이다. 그러나 아무리 싫어도 나이는 자꾸 먹어가
고 마침내는 늙어 죽는다. 생로병사(生老病死), 이 육체적 변
화를 거쳐 일생을 종말 짓는 것으로 사람들은 생각한다.

그래서 일생 동안에 보다 많은 재산을, 보다 큰 권력을, 보
다 빛나는 명예를 얻으려고 땀 흘린다. 마치 거기에 인생의
가치가 있고 부와 명예가 인생의 목표인 것처럼 생각한다.

인생의 목적이나 가치가 부나 명예에 있다고 생각하는 한

그 사람의 인생은 철저한 실패작이다. 아무리 많은 재산도 큰 감투도 묵직한 박사학위도 죽을 때는 가져가지 못한다.

태어날 때 벌거숭이로 태어난 것처럼 죽을 때도 벌거숭이로 죽는다. 사람이 빈손으로 태어난 것처럼 죽을 때도 동전한 푼, 그 흔한 모래 한 알도 가져갈 수가 없다. 그것을 모르는 사람들이 너무 많다.

사람은 죽으면 재산도 지위도 사랑하는 가족도 모두 두고 알몸으로 죽는다. 그래서 사람들은 일생을 허망한 것으로 생각한다. 육신의 죽음과 동시에 모든 것이 다 끝나는 것으로 생각하기 때문이다.

그러나 죽음과 동시에 모든 인생이 끝난다고 생각하는 그 사람의 인생 역시 실패작이다. 죽기 전에 자기가 땀 흘려 번 모든 재산들을 자식들에게 남겨주지 않았는가. 죽기 전에 쓴 감투가 역사에 남지 않았는가. 죽기 전에 쓴 책들이 후세에 전해지지 않는가. 그런데 왜 실패란 말인가?

모든 문제는 자신의 가치관의 기준에 있다. 재산 그 자체, 감투 그 자체, 역작 그 자체가 목적이 될 때 그 인생은 실패작이다. 인생을 살아가는 동안에 돈도 있어야 하고 감투도 써야 한다. 그러나 돈 그 자체, 명예 그 자체가 목적이요, 목표요, 가치가 될 수는 없다.

돈이나 감투, 박사학위는 인생의 목적이 아니라 인생의 수단일 뿐이다. 살아가는 데 필요한 재료에 지나지 않는다.

자신이 가진 돈과 권력, 명예와 건강이 인생의 목적이 아니고 수단과 재료로 쓰일 때 비로소 그 사람은 성공적인 인생을 살았다고 할 수가 있다.

이렇게 삶의 재료에는 높낮음이 있을 수가 없다. 돈이 많고 적음이 문제가 아니다. 지위의 높고 낮음이 문제가 아니다. 청소부나 시장이나 똑같은 인생의 재료에 지나지 않는다. 결코 학력 그 자체에 가치가 부여되어서는 안 된다.

많이 배운 사람이 상(上)이고 못 배운 사람이 하(下)라는 가치관은 있을 수 없다. 지금 내게 주어진 인생의 재료를 얼마나 조화롭게 잘 사용하고 있는가가 중요하다.

무엇을 위한 재료이며 수단인가? 영혼을 크게 키우고 영혼의 빛을 발산하기 위해서이다. 영혼의 노래를 구가하여 지상에 영혼의 꽃나라를 세우기 위해서이다. 천상계에 있는 영원한 영혼의 형제들에게 부끄럽지 않은 귀향을 하기 위해서이다. 신과의 약속을 지키기 위해서이다.

사람은 이미 심령적인 존재다

어릴 때 나에게는 안타까운 소망이 하나 있었다. 하늘을 나는 새들처럼 나도 하늘을 훨훨 날아다닌다면 얼마나 좋을까 하는 소망이었다.

그런데 그 소망은 잠잘 동안에 이루어졌다. 땅을 박차고 하늘에 솟아 더러는 솔개처럼 천천히, 더러는 제트기처럼 빨리 마구 하늘을 나는 꿈을 꾸게 되는 것이다. 그 꿈이 어찌나 신명나는지 잠에서 깨어나면 그만큼 내 실망도 컸다.

왜 잠자는가 하는 어릴 때의 궁금증도 풀렸다. 사람은 누구나 하늘을 날 수 있는 4차원 이상의 세계에 회귀하는 영능자(靈能者)라는 확신도 얻었다. 이런 확신을 얻는 데는 성경과 불경을 공부한 힘도 컸고, 가까이는 다카하시 신지의 법력이 가히 절대적이었다.

오래 전 유리겔러라는 젊은이의 초능력이 TV에 방영되어 그 신통력이 큰 화제를 뿌린 적이 있었다. 또 국내에서도 한 소년이 나타나 유리겔러 이상의 신통력을 발휘해서 화제를 모으기도 했다.

하지만 우리는 신통력에 놀랄 필요가 없다. 더구나 나도 그런 신통력이 있었으면 하고 탐낼 필요도 없다. 사람은 유리겔러 이상의 신통력을 자신 안에 이미 갖추고 태어났기 때문이다.

사람은 육체적 존재이기 이전에 이미 심령적 존재이다. 마음과 육체가 작용하고 있는 것이 이 세상이요, 마음이 육체를 떠나 분리된 상태가 저 세상이다. 다시 말하면 내 영혼이 내 몸 안에 있을 때는 이 세상이고 내 영혼이 내 육체에서 벗어난 것이 저 세상이라는 뜻이다.

따라서 잠잘 때는 우리 영혼이 몸을 떠난 상태이기 때문에 우리는 밤마다 잠을 통해서 육체와 영혼이 분리되고 있으며 몸을 떠난 내 영혼은 저 세상을 나들이 하고 온다. 그래서 우리는 하룻동안 피로했던 의식의 에너지를 공급받는다.

마음은 외심과 내심으로 구분된다. 외심이란 우리가 오관을 통해서 보고 듣고 느끼고 생각하는 소위 표면의식을 말하고 내심이란 잠재의식으로 숨어 있다.

보통 사람에게는 3차원의 이 물질세계만이 전부인 것처럼 착각하게 되지만 우리에게 숨어있는 90%의 잠재의식이 경우에 따라 표출될 때 우리의 눈에 그것이 신통력으로 비쳐지므로 우리는 기적이 일어났다고 야단법석을 떨게 되는 것이다.

나는 유리겔러 이상의 초능력자를 지금이라도 얼마든지

열거할 수가 있다. 예수 그리스도나 모세의 기적은 물론이요, 석가의 육신통(六神通), 사명대사의 신통력, 그리고 수년 전에 작고한 다카하시 신지 등 그런 신통력을 행하는 사람을 우리는 동서고금에서 흔히 볼 수가 있다.

다카하시 신지는 죽은 사람과도 대화를 했으며 뱃속의 태아와도 대화가 가능했다. 심안으로 남의 마음을 읽을 수 있었고 동물의 영혼, 초목의 정령들과도 교신이 가능한 신통력을 발휘했다. 또한 경찰을 도와 미궁에 빠진 범죄사건도 해결했을 뿐만 아니라 불치병 환자도 수없이 고쳤다.

내가 다카하시 신지를 존경하는 이유는 결코 그가 신통력을 발휘했기 때문이 아니다. 그가 예수 그리스도와 붓다에 관한 내 궁금증을 풀어주었기 때문이다. 그리고 예정된 스스로의 인생을 사랑과 자비로 처절하리만치 불태우고 간 그의 행적들이 내게 깊은 감동을 주었기 때문이다.

앞에서 말한 신통력의 주인공들이 한결 같이 사랑과 자비의 구현자, 진리의 실천자였다. 그 신통력을 정법 유포의 수단으로 사용했다는 점을 우리는 중시해야 한다.

유리겔러가 부디 사랑과 자비의 구현자이기를 나는 진심으로 빈다. 그 초능력이 행여 부정이나 이기나 진리에서 벗어난 마음과 야합하였을 때 그에게는 그만큼의 무서운 반작용이 나타나게 되리라는 점을 나는 잘 알고 있기 때문이다.

 청춘이란?

인간의 몸은 죽음이라는 마지막 멸절(滅絶)이라는 절차가 있지만 마음에는 결코 죽음이 없다. 이것이 기독교와 불교의 핵심논리다. 믿든 안 믿든 그것은 사실이다.

따라서 나이를 먹는 것도 육체 자신이지 마음 자신은 아니다. 마음은 결코 나이를 먹지 않는다. 인생은 나이를 먹으면서 늙어간다고 말하지만 사실은 그게 아니다. 인생이란 시간과 공간을 통해 인간이 제공해주는 재료들을 통해서 내재하는 본성을 닦고 밝혀가는 것, 어쩌면 순수한 어린이의 마음으로 점차 젊어져 가는 절차인 것이다.

"노병은 결코 죽지 않는다. 다만 사라질 뿐이다."

이 말은 맥아더 장군의 명언이다. 이 명언을 남긴 맥아더 장군이 평생 좌우명으로 삼은 사무엘 울먼의 《청춘》이라는 수필이 있다. 장군은 이 글을 그의 집무실 벽에 항상 걸어 놓고 날마다 읽었다고 한다. 너무 좋은 글이기에 여기 그 전문을 옮긴다.

청춘이란 인생의 한 기간을 말하는 것이 아니라 마음의 형태를 말한다. 뛰어난 창조력, 불굴의 의지, 불타는 정열, 비겁을 물리치는 용맹심, 안일을 뿌리치는 모험심, 이런 마음이 곧 청춘이다.

단순히 나이를 먹었다고 해서 늙은이라고 할 수 없다. 사람은 이상을 상실하면 비로소 늙은이가 된다. 세월은 피부의 주름살을 한 겹씩 늘려가지만 정열을 잃었을 때 정신은 시드는 것이다. 고민, 고의, 불안, 공포, 실망, 이러한 것들이야 말로 오랜 세월을 두고 사람을 늙게 만들고 정기 어린 마음의 혼을 좀먹는다.

나이가 16살이든 70살이든 그 가슴 속에 간직하는 것이 무엇인가? '경이에 대한 애모심', 즉 하늘에 빛나는 별들, 그 별빛 같은 사물이나 사상에 대한 도전, 일에 대한 강열한 의욕, 어린아이처럼 골몰하는 탐구심, 끊임없는 인생에의 환희와 흥미, 그런 것들이 젊음이다.

사람은 신념과 더불어 젊으며 의혹과 더불어 늙는다. 사람은 자신과 더불어 젊으며 공포와 더불어 늙는다. 희망 있는 한 젊으며 실망과 함께 늙어빠진다.

대지에서, 신에게서, 인간에게서, 미와 희열과 용기와 위력과 영감을 얻는 이상, 사람의 젊음은 상실되지 않는다.

– 사무엘 울먼의 저서 《청춘》 중에서 인용

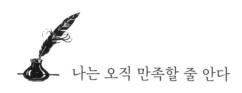

나는 오직 만족할 줄 안다

어느 날 신문을 펼쳐든 아내가 느닷없이 "아깝다. 참 아깝다"고 말하는 것이었다. 무슨 일인가 싶어 어깨 너머로 시선을 던지자 신문의 일면 머릿기사의 제목 가운데 유독 '용강(龍江)'이라는 주먹만 한 두 활자가 내 눈에 번쩍 들어왔다.

아내의 친정은 용강이다. 아내는 용강의 부잣집 딸이었는데 친정에서 논을 다 팔아 없앤 지가 그리 오래되지 않는다. 그런데 아내의 집 논이었던 그 땅 일대에 고층아파트 단지가 조성된다는 기사가 실렸던 것이다.

평당 몇 만원도 안하던 땅이 몇 백 만원으로 뛰었으니 아내의 머릿속 컴퓨터가 순간적으로 수백억대의 숫자를 찍어냈을 것이다. 그래서 아내는 그 땅을 일찍 판 것이 아깝다고 애석해 했다.

펄벅은 《대지》라는 소설에서 "땅이야말로 아무리 난리가 나도 도적맞을 염려가 없는 가장 안전한 재산"임을 강조하고 있다. 사실 땅을 팔고 가슴 치는 사람도 많고 땅을 그대로 갖고 있다가 벼락부자가 된 사람도 적지 않다.

인간이 물질에 집착하는 한, 그 욕심은 끝없는 에스컬레이터처럼 상승한다. 백만 원이 있으면 천만 원이 갖고 싶고, 1억 원이 들어오면 10억 원이 탐나는 것이 사람의 욕심이다. 인간의 마음이 우주대로 확대될 수 있는 것처럼 욕심의 에너지 역시 그 끝과 한계가 없다.

재산은 없는 것 보다는 있는 편이 낫다. 왜냐하면 이상적인 인생은 건전한 정신과 건전한 육체, 건전한 경제라는 기둥 위해서 안정을 찾기 때문이다.

그러나 재산은 결코 인생의 목적이 될 수 없다. 어디까지나 인생의 수단이요, 재료에 불과하다. 재산, 명예, 지위 등에 집착하고 있는 한, 인간은 불안과 혼미에서 벗어날 길이 없다. 인간이 무명에서 벗어나기 위해서는 우선 만족할 줄 아는 생활을 해야 한다. 아무리 용을 써 보아도 백 년도 지탱 못하는 것이 인간의 육체다.

인간이 제아무리 많은 재산을 긁어모아도 죽을 때 가져갈 수 없다. 벌거숭이로 태어났듯 죽을 때도 벌거숭이로 돌아간다. 그렇다면 살아있는 동안에는 살아가는데 필요한 것만 있으면 충분하지 않은가.

자연은 인간에게 필요한 것은 다 무상으로 제공해주고 있다. 3분만 숨을 쉬지 않으면 모두 죽게 될 공기도 공짜로 공급받고 있다. 일주일 동안 마시지 않으면 죽게 될 물도 무상으로 얻고 있다. 태양은 1초 동안에 2백만 톤의 석탄을 태운

만큼의 막대한 광열을 무려 수억 년 동안이나 방출해주면서도 결코 우리에게 청구서 한 장 내밀지 않는다.

자연계에는 욕심이 없다. 오랑캐꽃은 장미를 시기·질투하지 않으며, 오리나무는 소나무를 부러워하지 않는다. 새나 짐승은 내일 먹을 양식을 모아두지 않으며, 사자는 배가 부르면 먹이가 코앞에 와도 덮치지 않는다. 자연은 상호의존의 조화 속에 안정되어 있다.

우리의 인체도 마찬가지다. 60조 개나 되는 세포가 저마다 그룹을 이루어 맡은 분야에서 만족하며 열심히 일하고 있다. 불평하는 일이 없다. 만일 항문이 입더러 "너는 좋은 것만 먹고 있는 나는 밤낮 오물만 감당하고 있으니 불공평하다. 바꾸자"고 데모라도 일으키는 날엔 우리의 육체는 단 하루도 지탱할 수 없다.

자연은 상호협력의 분업으로 안정되어 있다. 인간 사회도 마찬가지다. 학생은 학생의 위치에서, 청소부는 청소부의 위치에서, 주부는 주부의 위치에서, 지도자는 지도자의 위치에서 각자 맡은 바 소임을 다할 때 사회는 안정된다. 그리고 출세의 길도, 진보·향상의 길도 그 가운데에서 열린다.

인생의 가치는 재산의 많고 적음과 지위 높고 낮음에 있는 것이 아니라 주어진 환경에서 얼마나 상부상조의 땀을 흘리는가에 달렸다. 노사의 대립도 쌍방이 다 만족할 줄 모르기 때문에 일어나는 갈등이다. 만족할 줄 모르는 욕심으로

팽팽하게 맞선 쟁의의 결과는 꿀도 잃고, 꿀의 원천인 꽃밭까지 망가뜨린다.

만족할 줄 아는 생활이란, 결코 작은 것을 이루는 데 안주하는 소극적인 삶이 아니라 인생의 목적과 사명을 자각한 적극적인, 용기 있는 인생을 말한다.

인간의 위대한 스승은 자연이다. 자연이 무언으로 가르치고 있는 중도(中道)의 모습이야말로 바로 살아있는 성경이요, 불경이다. 중도에 따라 자연과 조화를 이루고 자연과 일체가 되는 가장 싱싱한 생활이 바로 만족할 줄 아는 생활이다. 언제나 기쁨과 감사와 보은으로 충만한 행복을 느끼고 자신의 사명을 완수하는 생활이다.

옛날 중국 돈은 그림처럼 오유지족(吳唯知足)이란 글을 새겨 일상생활의 지침으로 삼았다. 나는(吳) 오직(唯) 만족할(足) 줄 안다(知). 나는 가본 적이 없지만 철학자 안병욱 선생은 현관에 이 돈 그림을 걸어두고 일상의 좌우명으로 삼고 있다고 한다. 이 말은 결코 참고 견디는 답답한 생활을 강제하는 것이 아니다. 용강 땅에 마음이 붙들리고 과거의 실수에 구속당하는 삶이 아니라 대자연과 일체가 되고 나아가 우주즉아(宇宙卽我)로 의식이 확대되는, 크게 해방되는 인생을 말한다.

손가락과 팔목에 화려한 장식을 하고 멋진 차를 굴리며

오만에 빠지는, 그런 실패작의 인생은 차마 못 본다. 남의 손에 넘어간 과수원도 아까울 것 없다.

4백 평이 넘는 대궐 같은 집도 잘 팔아버렸다. 도심의 달동네에서 각자 열심히 일하면서 오순도순 낙원 건설의 인생 공부를 하고 있는 처남의 신나는 현실이 얼마나 값지고 잘된 일인가.

"잘 됐다. 참 잘 됐다"고 나는 아내의 넋두리에 대꾸했다. 아내도 금방 내 대꾸의 뜻을 알아차리는 것 같았다. 아내의 얼굴에서 한 가닥 구름이 걷히고, 30년 전 한 아름다운 신부의 티없이 맑고 환한 얼굴이 겹쳐지는 것을 보았다.

정법이란 대자연의 질서이다

국어사전에서 법의 뜻을 찾아보면 그 첫머리에 "국가의 강제력이 따르는 온갖 규범"이라고 씌어 있다. "법은 멀고 주먹은 가깝다" 또는 "법 없이도 살 사람" 등의 표현에서도 드러나듯이 법은 강제력과 구속력이 있는 것이 사실이다.

인간사회의 평화와 질서를 지키기 위한 약속이 법인데 무법천지처럼 설치는 우울한 사건들이 매일 매스컴을 어지럽히고 있다. 인간의 지혜가 짜낸 규범을, 인간이 지키는 준법정신이 없기 때문이다.

정법(正法)의 법은 인간의 지혜나 자아가 눈꼽만큼도 끼어들 수 없는 대자연의 올바른 질서를 의미한다. 대우주, 대자연계에도 그것을 지배하고 있는 의식이라는 것이 있다.

보통 의식이라고 하면 사물을 인식하는 힘, 혹은 그것을 지배하는 것으로 알고 있는데 대우주에도 모든 사물의 근본인, 일을 할 수 있는 능력을 지배하고 있는 의식이 존재한다.

그리고 그 의식의 의사에 따라서 에너지가 작용하고 있으며 그 에너지는 만생만물이 조화할 수 있도록 일정한 법칙에 따라 움직이고 있다. 우리들이 일상생활에 쓰고 있는 연·월·일·시간이라는 것도 태양과 지구, 지구와 달의 자전·공전에서 계산해 낸 것이다.

놀랍게도 시간의 계산은 100년에 1000분의 1초의 오차밖에 없다. 인간의 지혜가 미칠 수 없는 우주의 의식, 질서정연한 법의 존재가 있다는 것을 인정할 수밖에 없다.

이것은 비단 극대의 세계뿐만 아니라 극미의 세계에도 해당되는 이야기다. 우리의 육체도 예외가 아니다. 60조나 되는 우리 몸의 세포에서는 나도 모르는 사이에 매순간 질서정연한 핵분열이 이루어지고 있다.

또 오늘날, 이처럼 과학이 발달했지만 인간은 눈썹하나도 만들어내지 못하고 있다. 사람은 기계는 정교하게 만들어도 신체의 일부는 제조가 불가능한 것이다.

법(法)자를 보면 물 수변(水)에 갈 거(去)를 붙였다. 따라서 법은 물이 흘러간다는 뜻, 물은 낮은 곳을 골라서 흐르지 결코 높은 곳으로 거슬러 흐를 수 없다. 물은 낮은 곳으로 흘러야만 자연의 이치와 질서에 순응하게 되는 것이다.

물이 높은 곳으로 흘렀다 치자. 세상이 어떻게 될 것인가. 물 자체가 자연의 이치에 맞게 운행하고 있으므로 물의 모습은 곧 자연의 질서와 법칙을 상징하는 것이기도 하다.

동물·식물·광물, 이 세 가지 가운데 사람이 살아가는 데 가장 필요한 것 하나만 가린다면 두말 할 것 없이 그것은 광물이다. 숨 쉬고 마시는 것이 다 광물에 속하기 때문이다. 왜 숨 쉬는 법과 물 마시는 법이 건강법에서 가장 중요한 가를 우리는 잘 알 수 있다.

영국 속담에는 "과부가 되고 싶지 않거든 남편에게 물을 많이 마시게 하라"는 교훈이 있다. 물은 쉴 새 없이 이동함으로써 항상 그 깨끗함을 유지할 수 있다. 그리고 더러운 것을 만나면 무조건 깨끗하게 씻어 내린다.

눈비가 되어 지상을 대청소하고 체내에 들어가서는 쓰레기를 대소변이나 땀으로 배출시킨다. 내 친구 하나는 말년에 대소변의 배설이 정상적으로 되지 않아 여러 해 고통을 겪다가 세상을 떠났다. 그가 생전에 한 말이 있다.

"날마다 대소변을 잘 볼 수 있는 것은 일상의 기적 중의 하나이며 감사하기 그지없다는 사실을 뼈저리게 느껴야 한다."

누구나 두고두고 가슴에 새겨야 할 말이다.

산수의 흐름은 차고 맑아야 한다. 자연의 이치에 따라 낮은 데로 흐름으로써 그 맑음과 겸손을 유지할 수 있다. 만일 물이 흐름을 멈추고 한 곳에 머물러 있다면 수질은 흐려지고 마실 수 없게 더러워진다. 썩기까지 한다.

사람의 마음도 마찬가지다. 물질에 집착하여 아욕에 붙들려 있으면 그 마음은 때가 끼고 더러워질 뿐만 아니라 독을 뿌리기까지 한다. 탐욕, 성냄, 불평·불만, 시기와 질투, 비난, 험담, 나태, 낭비, 의심, 공포 등은 모두 그 뿌리가 집착에서 발생한다.

집착은 마음의 안정을 잃게 하고 남과의 조화도 유지할 수 없게 한다. 법은 이런 의미에서 마음에 집착이 없음, 사로잡힘이 없음을 뜻한다.

물이 흐른다는 것은 또한 순환의 법칙을 의미하고 있다. 물은 고체, 액체, 기체로서 천지간을 윤회하는 운동을 통해 만물을 살리며 동시에 물 자체의 생명도 영원히 유지한다. 물 자체의 생명이 영원하다는 것은 물의 질량에 변화가 없다는 것을 의미한다. 즉 물은 한 치도 줄지 않고 붙지도 않고 있다는 것을 뜻한다.

즉 지구상에 존재하는 그 많은 물들은 바다나 강에 있거나 한 포기 잡초에 깃들여 있거나, 꽃잎 위의 한 방울 이슬로 남아 있거나 아니면 수증기가 되어 구름 한 조각으로 남아있거나, 그 질량이 변하지 않는다는 뜻이다.

물은 H_2O^2로 표시된다. H는 수소, O는 산소다. 이 수소도 산소도 다 같이 불에 타는 가연성 원소다. 가연성의 양극단에 있는 두 원소가 어울려 물이 되어 불을 끌 수 있는 중도의 모습이 된다. 둘은 조화를 이루고 있다. 우리가 기독교에서 세례를 받거나 불공에서 청수를 쓰는 이유는 자신의 마음을 중도에 두겠다는 맹세의 표시인 것이다.

우리의 현실생활에 있어서도 마음이 자타(自他)의 둘로 쪼개져 아욕에 사로잡혀 있으면 자신도 괴롭고 주위도 어두워진다. 아니다. 오히려 불이 붙어 싸움의 원인을 만든다. 이래서는 자신도 살 수 없고 남도 살 수 없다.

남도 잘 살고 자신도 살 수 있는 길은 자신과 타인이 물의 흐름처럼 자연스럽고 조화로워야 한다. 경쟁의식을 공존의식으로 바꾸어야 한다.

남을 살린다는 것은 바로 사랑의 구현이다. 따라서 법에 산다는 것은 사랑에 산다는 것과 같은 말이다. 맑고 깨끗한 물처럼 남을 위하는 사랑의 행위야말로 법의 중심이며 진수다.

           – 다카하시 신지의 저서《마음의 법이 있어서》중에서 인용

인간의 모든 환경은 마음가짐에서 시작된다.

인간의 행복과 건강은 긍정적인 마음에서 비롯된다.

제5장

지혜라는 이름의 재산

유전자를 활성화시키다

신라의 고승 의상대사가 읊은 〈법성계〉 가운데 일미진중 함십방(一微塵中含十方)이란 법구가 나온다. 물질의 최소단위 속에 우주가 숨어있다는 뜻이다.

인체의 최소단위인 세포의 핵 속에 유전자가 들어 있는데 무려 30억이 넘는 생명 설계도의 정보가 들어 있다는 사실 이 밝혀져 우리를 놀라게 하고 있다.

30억의 정보라면 1천 쪽짜리 책 1천 권에 해당하는 분량 이다. 이 방대한 정보가 무게 2천억분의 1g, 폭 30만분의 1mm 정도의 극미한 테이프에 저장되어 있다는 것이다.

유전이라고 하면 종전에는 윗대로부터 이어받는 혈통이 나 가계로부터 전해져오는 것으로만 생각되어 왔다. 가령 우 수한 음악가를 부모로 둔 자식은 음악적 재능을 타고 난다. 당뇨병 집안에서 태어난 사람은 당뇨병에 걸릴 확률이 높다. 암 혈통의 사람은 대개 암으로 죽는다는 등과 같이 유전은 일종의 숙명이나 운명으로 돌려졌다.

하지만 최근 유전자 연구에서 굉장한 사실들이 속속 발견되고 생명공학의 대혁신을 예고하고 있다. 그 가운데 우리의 건강과 직접 관계가 깊다고 여겨지는 것은 "유전자의 활동은 환경과 외부의 자극에 의해서도 변화한다"는 사실이다.

정확하게 말하자면 OFF 상태로 잠자고 있던 유전자가 환경이나 외부의 자극에 의해서 ON 상태로 눈뜰 수 있다는 점이다. 환경이나 외부로부터의 자극이라고 하면 일반적으로 물질적 차원을 떠올리기 쉽지만 여기서는 정신적 차원까지를 포함하고 있다.

정신적인 자극이나 충격이 유전자에 미치는 영향, 즉 마음과 유전자의 관계가 앞으로 크게 주목받게 될 과제다. 이것을 시사하는 현상은 우리 주변에 얼마든지 있다.

극심한 정신적 충격으로 하룻밤 사이에 백발이 되었다거나, 말기암으로 6개월밖에 살지 못한다고 선고받은 환자가 1년, 2년이 지나도 피둥피둥하게 살아 있다.

담배를 전혀 피우지 않는 사람이 폐암에 걸리는가 하면 하루에 두 갑을 피우는 골초가 지극히 건강한 상태를 유지하고 있다. 소금의 과다 섭취는 고혈압을 유발한다는데 짜게 먹어야 직성이 풀리는 소금파의 혈압이 지극히 정상이다.

평소에는 도저히 들어 올릴 수 없는 무거운 물건을 불이 났을 때 자기도 모르게 들어 옮겼다든가, 형편없는 열등생이 애인이 생기자 공부에 열중하여 우등생이 되었다는 등. 앞에서 제시한 일들은 주변에서 흔히 만날 수 있는 일이다. 이에 대한 여러 가지 이유가 제시되기도 하지만 이 모든 현상이 유전자의 활동과 관련이 깊으며 더욱이 본인 마음먹기에 따라 어느 쪽으로든 선택이 가능하다는 것이 판명되었다.

가령 암에 걸렸을 경우 "낫는다"는 신념을 가지는 사람과 "이젠 틀렸구나"고 낙담하는 사람과는 암 그 자체의 변화에 엄청난 차이가 생겨난다. 암이 치료하기 어려운 질병이라는 것은 발암인자가 다양하기 때문이지만 거기에 정신작용을 포함한 환경인자가 크게 관계하고 있다.

암에는 발암 유전인자와 암 억제 유전인자가 있어서 양자의 밸런스가 무너졌을 때 발병한다는 것이 정설이다. 밸런스를 잃는다는 것은 발암 유전인자가 ON, 암 억제 유전인자가 OFF 상태가 되는 것을 말한다.

암은 환경인자의 원인이 크다고 하는데 물질적 영향보다는 정신적 영향이 큰 것으로 보인다. 환경이라고 하면 대기의 오염, 도시의 소음, 식수, 식품의 화공처리 등의 물리적 측면이 강조되기 쉽지만 이런 정보가 미치는 심리적 측면까지 포함하여 최종적으로는 마음의 문제가 발안 유전자의 ON 상태를 촉진하고 있는 것이다.

마음의 위력은 크다. 무엇이든지 긍정적으로 수용하면 질병이든, 낙방이든, 실직이든 감사한 일이다. 인생의 향기가 깊어지고 남의 아픔도 이해할 수 있을 뿐만 아니라 새로운 천지가 전개되는 전환점이 되기도 한다.

28세에 귀머거리가 된 베토벤이 자살을 결심하고 유서까지 쓴 후에 과연 죽을 것인가, 살 것인가, 장시간 고민 끝에 마침내 힘차게 사는 길을 택했다. 그때 그는 일기에 이렇게 적었다.

"비록 육체에 어떠한 결함이 있다 하더라도 내 영혼은 이를 극복하고 이겨야 한다. 28세, 그렇다. 이미 28세가 되었다. 올해야말로 진짜가 되는 각오를 해야 한다."

베토벤의 몸속에 잠자고 있던 유전자가 일제히 눈뜨고 거대한 명작의 탄생을 예고하는 순간이었다.

인간의 유전자가 활동상태에 있는 것은 고작 5%에서 10% 정도이며 나머지는 OFF의 휴면상태다. 30억이나 되는 유전정보의 90% 이상이 잠자고 있다는 뜻이다. 마음의 의식 작용이 표면의식 10%, 잠재의식 90%의 비율인 것과 같다.

불가능하게 보이는 것을 가능하게 하는 능력을 우리들 유전자는 누구나 가지고 있다. 기적적인 일도 유전자의 도움 없이는 일어나지 않는다. 누구나 기적의 가능성을 지니고 태어난 생명이다. 인생을 충실하게, 건강하게, 행복하게 살기 위해서는 마음을 항상 긍정적으로 방향을 잡고 좋은 유전자를 활성화시켜야 한다.

실패란, 실패라고 생각하는 순간부터 존재한다. 우리의 의식생활에서 마이너스 사고, 부정적인 생각은 추방되어야 한다. 지성이면 감천이란 말이 있다. 그러면 유전자도 ON으로 작동한다. 기본적으로 유전자에게 노화(老化)가 없다. 몇 살이든 자신의 재능을 꽃피울 능력이 있다.

늙어서 낳은 아이라도 아버지의 연령에 따른 영향은 받지 않는다. 유전자의 활동을 저해하는 큰 요인의 하나가 부정적인 사고방식이다.

"인간의 경우 마음가짐의 여하가 바로 환경이 되는 것입니다. 행복한 것도 건강한 것도 모두 마음에서 출발하고 있습니다. 환경이 아무리 좋다고 해도 개체의 생명과 서로 상호작용 관계에 있으므로 마음이 수긍하지 않는 한, 좋은 환경으로 수용되지 않습니다. 환경의 좋고 나쁨의 절대성은 없습니다(절대성은 마음입니다)."

위의 말은 하이포니카 농업법의 선구자 노자와시게오의 말이다. 흔히 있는 토마토 묘목 한 포기에서 무려 1만 수천 개나 되는 토마토를 수확하는데 성공한 사람의 말이라 음미할 만한 무게가 느껴진다.

그가 개발한 수경재배는 기발한 발상에서 시작되었다. 식물이 자라는 데 흙이 필요하다는 것은 일반 상식이지만 이것을 뒤집어 역발상한 것이 노자와시게오였다.

"식물은 일정한 상태에 대응한, 한정된 가능성 밖에 발휘하지 못하고 있습니다. 어째서 좀더 큰 가능성을 발휘하지 못하는가, 그 조건을 조사해 보았습니다. 그 한 가지가 흙이 장애가 된다는 견해였습니다."

토마토는 흙에 뿌리를 두고 있기 때문에 잠재력이 억제되어 있다는 노자와의 역발상은 주효했다. 흙에서 해방시켜 자연의 혜택을 충분히 공급함으로써 보통의 토마토보다 천 배나 많은 수확을 올리는 데 성공했다. 노자와시게오는 토마토의 입장에서 생각할 수 있는 사람이었다.

인간도 마찬가지다. 장애가 되는 인자를 제거하고 충분한 환경만 제공하면 얼마든지 능력을 발휘할 수 있다. 인간에게 장애인자는 무엇일까.

한마디로 말하면 그것은 자연에 배반한 사고방식이다. 사람마다 가치관이 다르고 선악의 기준이 같지 않다. 같은 사건을 두고 A는 선이라 하고 B는 악이라 한다.

올바르게 산다는 방식도 저마다 다르기 때문에 이분법의 흑백논쟁은 끝이 없다. 하지만 한 가지만은 부동의 진실이 있다.

그것은 자연의 법칙이다. 유전자의 활동이다. 생명을 키우고 즐거운 방향으로 유전자가 활동하는 것은 자연의 법칙과 환경이 일치했을 때다. 자연의 법칙에 위배되는 장애인자를 제거한 환경(물질적·정신적)을 제공한다면 인간의 유전자도 노자와시게오의 토마토처럼 굉장한 위력을 발휘할 수 있게 될 것이다.

식물에도 감정이 있다

식물이나 자연에도 마음이 있고 감정이 있다는 것은 이제 새삼스러운 이야기가 아니다. 여러 가지 실험을 통해 식물에게도 감정이 있다는 사실이 밝혀졌다.

예를 들면 두 개의 유리컵에 물을 담아 양파를 올려놓은 후 한쪽의 양파에게는 사랑의 마음을 담아 대화와 노래를 들려주고 다른 양파에게는 그 반대의 조건을 일주일 동안 반복했다. 그런데 사랑을 받은 양파는 무성하게 자랐고, 미움을 받은 쪽은 시들시들해졌다.

'거짓말 탐지기'의 원리는 감정의 변화에 따른 미묘한 피부반응을 측정하여 그래프에 기록하는 것이다. 시험 대상자가 신병의 위험을 느끼거나 감정의 안정을 잃게 되면 바늘이 흔들린다.

뉴욕 맨하탄에 있는 '거짓말 탐지기 기술학교'의 그라이브 백스타 교장은 자신이 기르고 있는 선인장에 '거짓말 탐지기'의 전극을 연결해 놓고 선인장을 보며 라이터로 불을 붙여버리겠다고 마음으로 다짐했다. 그런데 놀랍게도 탐지기의 바늘이 심하게 흔들렸다고 한다.

불을 붙이겠다고 큰 소리로 말한 것도 아니고 생각을 했을 뿐인데도 말이다. 백스타 교장은 선인장에게 감정과 사람의 마음을 읽는 초능력이 있다는 것을 알았다.

그 교장은 선인장의 분재 앞에 물이 끓는 냄비를 놓고, 그 위에는 살아있는 새우가 담긴 바구니를 걸어두었다. 일정한 시간이 경과하면 바구니가 뒤집혀 끓는 물속으로 새우들이 떨어지게 장치를 해두었는데, 얼마의 시간이 지나자 선인장에 연결된 '거짓말 탐지기'의 바늘이 맹렬하게 움직이며 항의 의사를 표시했다고 한다.

백스타 효과는 여기서 그치지 않았다. 백스타 교장이 여행에서 돌아와 비행기에서 내리면 선인장들은 일제히 기쁨의 감정을 나타냈다고 하는데, 공항과 선인장의 거리는 15마일이 넘는 거리였다. 선인장에게는 천리안의 능력이 있는 것이다.

- 하시모도 다케시의 저서 《4차원의 세계》 중에서 인용

우리는 스스로를 만물의 영장이라고 말하지만 자연의 깊은 마음과 조화를 모른 채 살고 있다. 마음은 인간의 독점물이 아니다. 하늘의 별에서 땅 위의 한 포기 풀에 이르기까지 마음이 없는 것이 없다. 이 대자연은 그 자체가 신의 몸인 것

이다. 사람됨을 알고 싶으면 그의 말과 행동을 보면 알 수 있다. 마찬가지로 신을 알고 싶으면 대자연의 모습을 보면 된다. 지구, 물, 태양, 공기, 우주는 조화와 보시의 행동으로 일관하고 있다.

혹자는 동물세계의 약육강식의 비정한 모습만을 이야기하지만 그것은 어디까지나 눈에 보이는 현상일 뿐이다. 그 후에는 자기를 공양함으로써 자연의 조화를 이루는 자비로운 모습이 숨겨져 있다. 자연은 이렇게 한 치의 오차도 없는 중도의 잣대대로 움직이고 있다.

사람도 누구나 나름대로의 잣대로 마음속에 간직하며 세상을 살아간다. 하지만 이 잣대가 같을 수 없기 때문에 고부 간의 갈등이나 노사분쟁, 종교 간의 충돌, 전쟁 등의 문제가 생긴다.

고통은 영혼을 강하게 만든다

사람은 누구나 괴로움이나 아픔이 없는 건강하고 편안한 생활을 바란다. 하지만 사람에게는 그게 마음대로 안 된다. 누구나 원하지 않는 온갖 아픔을 겪으면서 살아가는 것이 우리 인생의 모습이다.

아픔이 없는 인생이란 생각할 수 없다. 목숨이 붙어 있는 한 아픔은 그림자처럼 따라다닌다. 아픔은 인생을 짜증나게 하고, 회색빛으로 만들고, 경우에 따라서는 자포자기의 상태로 빠뜨린다.

얼마 전에 내가 직접 목격한 일이다. 친구의 형이 통증에 시달리다 못해 한 쪽 다리를 절단해 버린 끔찍한 일이 있었다. 미국 워싱턴대학의 보니커 교수는 아픔의 고통에 관한 조사를 해본 결과 2억 인구 가운데 두통 2천만 명, 요통 7천만 명, 관절통 3천6백만 명 등 과반수 이상이 통증에 시달리고 있다는 것이 밝혀졌다.

아픔이야말로 인생의 숙명적인 장애이며 적이다. 아픔은 결코 없앨 수도 없고 없어지지도 않는다. 오히려 아픔은 생명유지에 필연적이며 필수적인 것이다.

의학계에서는 매우 드문 일이지만 선천선 무통증이라는 괴질이 있다. 칼에 찔리거나 불에 타도 무감각이다. 상처가 나서 세균이 침범하여 곪아터져도 아픔을 느끼지 못한다. 결국 이런 사람은 패혈증으로 죽게 된다.

피부에는 약 2백만 개의 통점(痛點)이 분포되어 있다고 한다. 이 통점이 살아서 민첩하게 활동해줌으로써 우리는 생체의 위험을 알아차리고 방어할 수 있게 된다.

개인차는 있지만 목욕탕의 적정온도는 섭씨 41도에서 43도다. 그리고 45도를 경계선으로 하여 통증을 느끼게 된다. 섭씨 45도는 달걀이 반숙되는 온도다. 달걀과 같은 단백질로 구성된 우리의 몸이 반숙되지 않기 위한 생체의 놀라운 방어술이 바로 아픔이다. 통점은 아픔을 구출해주는 생명의 보초병이라고 할 수 있다.

재미있는 것은 이 통점이 입 안팎에 가장 많아 1평방 센티미터 당 2백 개 이상이나 몰려 있다는 점이다. 그래서 뜨거운 음식, 자극이 심한 음식이 몸속에 들어가는 것을 막고 있는 것이다. 반대로 발바닥이나 손바닥에는 통점 분포가 아주 희박하다.

이와 같이 아픔은 생체의 이상이나 위험을 알려주는 경고장치인 것이다. 그러니 아픔을 감사해야 하고, 경건하게 수용해야 한다. 육체적인 아픔뿐만 아니라 정신적인 아픔도 있다. 개인적인 아픔도 있고 가족단위의 아픔, 나라의 아픔, 인류 전체가 겪는 아픔도 있다.

인생을 포함한 삼라만상이 우연이 아니듯이 아픔 또한 자신을 위해 필요한 것이다. 아픔을 피한다고 해서 모두 해결되는 것이 아니다. 그 원인을 규명해야 한다. 지금 우리나라는 이산가족의 아픔, 천재지변의 아픔, 경제의 불안, 코로나로 인한 아픔 등 크고 많은 아픔을 안고 있다. 그러나 아픔은 생명 유지의 경고 장치이다. 바야흐로 우리의 의식구조를 성찰하고 궤도 수정을 해야 할 때다. 여기서 아픔의 의미가 있다. 아리스토텔레스는 "아픔은 영혼을 강하게 만든다"고 했다. 아픔이야말로 영혼의 순도를 높여주는 용광로다.

모든 스트레스와 마찬가지로 아픔도 긍정적인 플러스 사고로 받아들여야 한다. 그럴 때 우리의 뇌 속에서는 베타엔도르핀이라는 양질의 모르핀 역할을 하는 안전물질이 생산된다. 반대로 부정적인 마이너스 사고로 생활할 때 뇌 속에서는 노르아드레날린이라는 맹독성 물질이 분비되어 노화를 촉진시킨다.

이와 같이 아픔은 인체 기류의 이상을 알리는 날렵한 탐색자다. 화제 예방의 민감한 소방수이다. 생명 방어의 위대한 수호신이다. 인간의 오만을 깨우쳐 영혼을 굳세게 하는 조련사이다. 육체 뒤에 숨은 위대한 존재를 깨닫게 하는 키잡이이다.

사람은 얼마나 똑똑한가

마당 구석에 있는 어두운 뒷간 가기가 무서웠고, 어느 집에 유성기 하나가 들어오면 온 마을 사람들이 몰려와 신기하게 듣던 시절이 어제 같은데, 지금은 실내에서 용변을 보고 안방에서 인터넷으로 세계의 정보를 환하게 파악할 수 있는 세상이 되었다.

동화 속에만 나타나던 달나라에 지구의 깃발이 펄럭이고 77세의 할아버지가 경탄 속에 우주여행길에 오른다. 과연 인간은 똑똑하다. 신의 대리인으로 부여받은 창조의 능력을 유감없이 발휘하고 있다.

이젠 인류의 오랜 꿈인 지상의 낙원은 올 것인가. 아니다. 지구촌은 도무지 맑고 평화스럽고 오순도순하지 못하고 공해의 산더미, 빈곤과 갈등의 신음소리로 뒤덮여간다. 끈질기게 추구해온 행복과는 달리 불안과 공포, 탐욕과 증오, 아부와 보복, 질병과 절망이 넘쳐흐른다. 이러다가 현대판 노아의 홍수라도 덮칠 것만 같다. 어째서 유토피아, 불국토를 추구하는 우리의 희망과는 달리 나락으로 치닫고 있는 것인가.

신이 인간에 부여한 자유를 잘못 선택했기 때문이다. 지혜의 길을 잊고 지식의 길로만 달려왔기 때문이다. 지식의 나무에서 빛나는 문명의 과실은 얻었으나 생명의 나무에서 지혜의 열매를 얻는 길을 외면해버렸기 때문이다.

사람이 똑똑하면 얼마나 똑똑하겠는가. 똑똑한 나머지 오만병에 걸렸다. 우리는 제법무아(諸法無我)의 질서를 무시하고 자연을 정복할 수 있다는 엄청난 착각과 오만에 빠졌다. 인간사회의 병 가운데 최악의 병은 암이나 중풍보다 더 무서운 오만병이다. 가장 많이 알고 있고, 자신의 판단이 가장 옳다고 우기는 이 병은 전염성도 강하고 위력적이다.

주변의 생명을 위협하는 자기중심, 허영, 배타, 잔인, 자기정당화, 생명경시 등이 오만병의 증상이다. 그리고 모든 질병, 비참, 불행의 원인이 되고 있다. 아는 것이 많다고 자부하는 자는 어리석은 사람이고, 모르는 것이 많다고 자각하는 자는 현명한 사람이다.

인간보다 무지한 동물은 없다. 인생은 길어도 백 년을 채우기 어렵다. 하지만 생명의 연령은 시작 없는 시작에서 출발하여 끝없이 이어가는 영원한 실상의 연속이다. 그 연속선상의 한 지점에 있는 것이 지금의 인생이다. 이 짧은 일생에서 얻은 지식이나 명예, 지위, 권력, 재산을 코에 건다는 것만큼 어리석고 천박하고 생명을 죽이는 것은 없다.

우주의 질서, 우주의 법칙을 좇아 열심히 살아가는 자연계에는 울타리도 없고, 문도 없고, 금고도 없고, 국경도 없다. 파괴범인 인간의 손발만 닿지 않는다면 번영일로로 진화한다. 근 반 세기 동안 인적이 끊긴 비무장지대가 지금 자연생태계의 낙원이 되고 있다는 사실 하나만 보아도 알 일이다. 똑똑한 채 어리석은 게 인간이다. 지혜의 세계, 생명의 세계를 깨닫지 못하고 어리석은 오만에 빠진 치(癡)병에 걸렸다.

이 치병을 치료하는 데는 겸손이란 처방밖에 없다. 겸허하게 우주의 질서에 따라 중도의 상념과 행동으로 일생을 살아가는 동안에 홀연히 열리는 것이 지혜의 세계다.

생명의 세계, 신의 세계는 겸허한 자 앞에 그 문이 열리는 것이지 오만한 자 앞에서는 결코 열리지 않는다. 우리 주변에는 심령이 열렸다고 하는 사람이 많다. 그것이 진짜인지 가짜인지를 구별하려면 그가 얼마나 겸손한지를 보면 알 수 있다. 물욕, 명예욕, 유별난 복장, 거동 등을 보면 그 진위가 쉽게 파악된다.

《이솝우화》에 나오는 개구리들이 너무나 많은 세상이다. 현재의 자신을 겸손하게 정직하게 바라볼 줄 알아야 한다. 자신을 속일 수 없는 양심 자리에 우주가 있고 신이 있다. 키를 낮추고 겸허하게 살아야 한다. 그래서 예수도 인간의 덕목 가운데 으뜸이 겸손이라고 하지 않았던가.

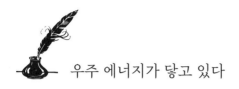 우주 에너지가 닿고 있다

건강에 대한 인간의 집착은 잔인하리만큼 끈질기다. 겨울 잠을 자고 있는 개구리를 찾아 잡아먹기도 하고 비싼 외화를 낭비해가면서 온갖 혐오식품을 구해서 먹기도 한다.

음식물이 육체 유지에 필요한 에너지가 되는 것은 사실이다. 그렇다고 무턱대고 영양가 높은 거만을 섭취한다고 해서 건강이 보장되는 것은 아니다. 의학이 눈부신 발전을 거듭해온 것은 사실이지만 도무지 환자의 수는 줄지 않는다. 새로운 약이나 의료기가 발명되면 질병은 새로운 모습으로 달아나버린다. 의학과 질병은 마치 숨바꼭질을 하고 있는 것 같다.

의학의 발달에도 불구하고 인간의 질병은 암과 에이즈, 코로나처럼 늘어가고 있는 것은 현대의학에 큰 맹점이 있다는 것을 의미한다.

오늘날의 의료는 질병 원인을 육체, 즉 물질면의 인과관계에서만 찾고 있다. 따라서 치료도 약물 투여에 의한 화학적 치료이거나 아니면 외과적 수술에 의한 물리적 치료가 주체가 되었다. 하지만 인간은 결코 고깃덩어리가 아니다. 육체에 영혼이 깃들인 구조로 짜여 있으며 질병이 일어나는 대부분의 원인이 영혼의 세계에 기인하고 있다.

과학이 4차원의 심령세계에 관심을 기울이고 연구를 하게 되면 인간이 물질 차원의 육체와 영적 차원의 유체로 구성되어 있다는 실상을 알게 될 것이고, 질병의 진짜 원인도 규명할 수 있게 될 것이다. 그러면 질명의 대부분의 원인이 보이지 않는 세계, 즉 마음의 세계에 있다는 것을 깨닫게 될 것이다. 병의 근본적인 원인이 밝혀짐과 동시에 화학적 합성약의 투여나 수술 따위를 하지 않고 우주 에너지를 사용한 질병치료법이 개발될 것이다.

우리 둘레의 공간에는 우주 에너지라는 거대한 에너지가 존재하며 얼마든지 그 힘을 얻어낼 수 있다. 진공이란 아무것도 존재하지 않는 공간을 말한다는 것이 현대과학의 상식이지만 진공을 포함한 우주공간에는 현대과학이 인지하지 못하고 있는 미지의 에너지가 충만하다.

인간이 눈에 보이는 육체와 눈에 보이지 않는 영체로 구성되어 있듯이, 우주도 눈에 보이는 물질세계와 눈에 보이지 않는 비물질세계가 겹쳐서 이중구조를 이루고 있다. 눈에 보이지 않는 빗물질를 정신세계, 영혼의 세계, 또는 4차원 이상의 다차원세계 등으로 부르고 있다.

"사람은 빵으로만 살 수 없다"는 그리스도의 명언에서 인간과 우주의 실상을 알고 건강의 원리도 찾을 수 있을 것 같다. 인간은 누구나 두 개의 몸을 지니고 있다. 이 세상인 현상계에 속한 물질차원의 육체와 저 세상인 실재계에 속한 의식차원의 영체가 그것이다. 이 두 개의 몸이 평소에는 밀착되어 하나로 작용하고 있으나 수면 중에는 분리되어 영체는 자신과 인연이 있는 영혼의 세계를 다닌다.

육체와 영체 사이에 영자선(靈子線)이라는 일종의 끈의 작용에 의해서 필요할 때 깨어난다. 영자선이 끊어지는 사태를 죽음이라고 한다. 그래서 죽음은 생명의 종말을 의미하는 것이 아니라 육체와 영혼의 분리를 의미하며 진짜 주인공인 자신의 해방을 의미한다.

손과 발을 잃은 환자가 여전히 손과 발이 그대로 있는 것처럼 여기고 간지럽다는 느낌을 갖는다. 이것을 유체감각(幽體感覺:phantom pain) 심령과학에서는 이 유체를 근거하여 영매(靈媒)의 엑토플라즘을 이용한 의수족(義手足)을 만들어낼 수 있다.

이때의 의수족에는 원래의 손금까지도 재생시킬 수 있다고 외신은 전하고 있다. 우리의 육안이 무지개를 바라볼 때 일곱 가지의 파장밖에 잡지 못하는 불완전한 것이기 때문에 이런 사실을 분간하지 못하고 있을 따름이다.

그래서 무명의 눈은 거울에 비치는 유체, 원자체(原子體)를 자기 자신인 것처럼 착각하고 있다. 육체 뒤에 숨은 영체,

광자체(光子體)야말로 생사를 초월한 자신의 몸이며, 이를 조종하고 있는 마음이 진짜 자기 자신의 주인공이라는 사실을 깨달아야 한다.

육체 에너지와 마음 에너지는 다르다. 마음 에너지는 우주의식인 신과 직결되어 거기서 보급 받는다. 사람이 빵으로만 사는 것이 아니라 하느님의 말씀(에너지)으로 살아야 한다는 까닭이 여기에 있다. 마음 에너지를 일명 신의 정, 즉 정신이라고 한다. 이 정신의 질과 양은 우리의 일상생활이 신이 의식인 자비와 조화에 부합하는 정도에 비례한다.

이 지상계는 선과 악, 명과 음이 공존하는 세계지만 저 세상인 실재계는 선과 악, 명과 암이 구별되는 세계다. 일상생활이 탐(貪)과 진(瞋)과 치(痴)의 삼독으로 오염된 마음은 어둡고 무거운 잡기름을 보급 받게 된다. 아침에 일어나도 몸이 무겁고 상쾌하지 못하다. 밤새 악몽에 쫓기기도 하고 경우에 따라서는 불면증에 시달리기도 한다.

몸을 씻고 옷을 벗고 잠자리에 들듯이 반성이라는 자비의 빛으로 영혼을 목욕하고 집착의 짐을 벗고 잠자리에 들면 순도 높은 에너지를 공급받을 수 있다. 그런 아침은 상쾌하고 몸은 가벼우며 육체를 운전할 정신력은 충만하다.

예수와 붓다의 근본은 하나다

세계적인 시사주간지 〈타임〉지가 올해의 인물로 교황 요한 바오로 2세를 선정한 적이 있었다. 요한 바오로 2세가 《희망의 문턱을 넘어서》라는 자서전을 통해 도덕적 가치가 무너진 오늘날 온 인류가 훌륭한 인생의 비전을 일으켜 세울 수 있도록 이끌었다는 것이 그 이유였다.

윤리 도덕과 인간 신뢰가 실추된 우리의 현실을 순간적으로 되살펴볼 기회가 되었다고 여기며 나는 그 책을 빨리 읽어보고 싶었다.

가톨릭에 대한 공감을 불러일으켰던 일은 이보다 먼저 국내에 있었다. 김수환 추기경이 법정 스님에게 가톨릭 미사에 참석하여 강론할 수 있도록 자리를 마련한 놀라운 일이 있었던 것이다.

경남 거창 천주교 성당에서도 그런 일이 있었다. 50여 명의 신자들이 김영식 주임신부 집전으로 저녁 미사를 봉헌하고 있었다. 김 신부는 자신의 강론이 끝나자 평소 교분이 두터운 조계종 개혁회의 전 홍보실장 현기 스님을 소개하고 강론을 부탁했다. 이에 현기 스님은 "나는 중이지만 여러분을 존경하고 사랑한다"는 말로 강론을 시작했다.

불교에서 출가는 번뇌를 벗어나 깨달음에 이르기 위한 것인데 천주교식으로 표현하면 완벽하게 하느님에게로 돌아가기 위한 것이라고 설명했다. 그리고 천주교인이나 불교인이나 가릴 것 없이 모두가 참된 인간으로 더불어 잘 살기를 기도하자고 강조했다.

보수적인 성직자와 평신도들이 다른 종교에 대해서 가지고 있는 배타주의와 대립의식이 상상 외로 완강하고 독한 것이 오늘날의 현실이다. 그럴수록 다른 종교에 대해 열린 마음을 가지자고 늘 강조해 온 김 신부의 마음과 용기가 크게 돋보인 감동적인 사건이었다.

대우주인 자연이 세계는 일정한 법칙에 따라 움직이고 지상의 세계 역시 이 법칙에서 벗어날 수가 없다. 그래서 조화와 질서를 유지할 수 있는 것이다. 우주가 하나듯 진리도 하나며 인간의 근본마음도 우주의식과 하나다.

누구든지 벌거숭이로 태어나는 것이지 태어날 때부터 이름표나 기독교, 불교의 꼬리표를 달고 나오는 사람은 아무도 없다. 그 하나인 한 마음이 육체를 자각하게 되면서부터 자타의 구별이 생겨나고 자타의 구별이 대립의식, 경쟁의식 마침내 시비·분쟁으로 발전했다.

국가 간의 분쟁, 이념의 대치, 종교의 반목 등을 큰 것으로

들 수 있다. 그 중에서도 종교·종파 간의 대립이야말로 예나 지금이나 피비린내 나는 싸움의 불씨를 안고 있는 인간계 최악의 암적 존재이다. 대영제국과 맞서서 목숨을 유지할 수 있었던 간디도 자국의 이교도 광신도의 총탄에 쓰러졌다. 보스니아, 중동의 평화도 인간 본성의 자각 없이는 이루어질 수 없다. 우리나라도 마찬가지다. 종교·종파 간의 물밑 전쟁은 언제 무슨 사태가 돌발할지 모르는 서로간 아집의 파장을 안고 있다. 우주 파장에 크게 역행하고 있는 것이다. 종교의 종(宗)자는 우주를 보여준다는 뜻이다. 다시 말해서 우주의 마음을 실천하는 것이다.

기독교를 불교식으로 불교를 기독교식으로 설법했던 다석(多夕) 유영모는 "석가의 니르바나(열반)나 예수가 깨달은 아버지(하느님)가 다르지 않다. 모든 종교의 진리는 하나로 귀결한다"라고 말했다.

김수환 추기경은 서울구치소를 찾아 사형수 11명을 만나고 나오면서 다음과 같이 말했다.

"인간은 누구나 근본은 선하다. 사형수들이 한과 원망을 품고 형을 받기보다는 깊이 뉘우치고, 참인간의 마음을 찾아 형을 받는 것이 좋지 않겠는가라는 생각에서 성탄을 앞두고 그들을 만나고 싶었다."

마음을 열어야 한다. 그리고 제발 많은 사람들이 열린 마음들을 가지고 살아갔으면 한다.

정글의 법칙

'동물의 왕국'이라는 TV프로그램이 인기가 있다. 밀림의 세계를 보면 거기에는 피도 눈물도 없는 약육강식의 비정한 장면이 생생하게 전개되어 때로는 소름 돋는 생명의 최후를 목격하게 된다.

하지만 동물세계의 생태 그 자체는 실은 자연의 섭리에 따라 다스려지고 있으며 거기에는 한 점의 모순도 착오도 없다. 백수의 왕인 사자에게는 말 그대로 맞설 적이 없다.

사자를 쓰러뜨릴 상대가 없으니 밀림은 사자 일색의 왕국이 될 성싶지만 그렇지가 않다. 먹이의 수에 제약을 받고 또한 비례를 유지당하고 있기 때문이다. 동시에 사자의 먹이가 되는 동물의 수도 결코 줄지 않는다.

자연은 결코 불공평하지 않다. 사자에겐 굶주림이란 고통이 안겨져 있다. 먹이를 잡는 데 지극히 힘이 든다. 때로는 수십일 동안 굶주림과의 싸움을 강요당할 때도 있다. 몸이 물걸레처럼 지쳐빠진 끝에 겨우 먹이가 얻어 걸릴 경우가 허다하다. 이것은 비단 사자뿐만 아니라 육식동물의 이른바 숙명이다.

한편 초식동물은 어떤가. 그들은 초목이 풍족하니까 굶주림에 허덕이는 일은 없다. 따라서 방치해두면 그 무리들이 자꾸 번창한다. 하지만 초목이 고갈하면 그들은 설 땅이 없어진다.

그래서 초식동물과 초목과의 조정역할을 하고 있는 것이 사자를 비롯한 육식동물이라고 할 수 있다. 초목은 군생하는 동물의 배설물이 그 비료가 되어 초목 자체의 성장이 촉진된다. 이처럼 동물과 식물의 관계는 서로 상부상조 보완하면서 자연의 환경을 보전하고 있다. 결코 각자 독립해서 따로 살고 있는 것이 아니다. 말하자면 그들은 전체를 가능하게 하기 위해서 저마다의 입장에서 살아가면서 자신의 몸을 공양하고 있다. 결코 약육강식의 참상이 아니다.

그들은 표면상으로는 강자가 약자를 잡아먹는 형태를 보이고 있지만 그 속에 숨은 배경은 전체를 살리는 조화이고 각 종족의 보전·계승을 가능하게 한다.

여기서 우리가 주목해야 할 일은 그들은 절대로 무익한 살생을 하지 않는다는 사실이다. 사자는 먹이 하나를 잡아먹고 배가 부르면 더 이상의 살생을 하지 않는다.

동물과 식물의 사명은 석유 같은 광석물과 마찬가지로 이 지상의 진보와 조화의 초석이 되는 일이다. 인간이 이 지상에 불국토·유토피아를 만들 수 있도록 등장한 선구자적 존재다.

인류는 더욱 평화스럽고 조화로운 지구촌을 건설하여 동식물을 포함한 대자연의 훌륭한 지배자라야 한다. 이것이 '신으로부터 부여받은 신의 대리인으로서 인간의 사명이다.'

세계는 러시아와 우크라이나 전쟁이 지속되고 있다. 중동의 전운이 감돌고 걸프 전쟁의 쓰라린 경험을 한 것이 바로 어제 같은데 전쟁의 불씨는 꺼질 줄 모르고 계속되고 있다. 인명피해는 물론, 인간의 생명줄인 자연생태계까지 파괴될 일을 생각하니 모골이 서늘해진다.

시커먼 원유의 날벼락을 뒤집어쓴 해조가 눈만 껌벅거리고 있는, 죽음 직전의 처량한 모습들이 또 다시 TV 화면에 비쳐지지 않기를 바랄 뿐이다.

인간의 본성은 원래 둥글다.

해와 달, 지구의 천체가 둥글고,

우리의 육체도 수없이 많은 둥근 세포로 이루어졌다.

제6장

얼굴은 마음의
거울이다

우리의 마음은 천체처럼 둥글다

기차를 타거나 버스를 타거나 내 고향 경주로 들어가는 길은 한결같이 둥근 곡선 길로 들어서야 한다. 그런 고향길이 얼마나 여유 있고 푸근한지 모른다.

선도산 터널을 빠져나가는 느릿한 타원형 찻길의 곡선과 소태고개를 넘어가는 국도의 구불구불한 잿길, 회전목마처럼 서서히 선회하는 고속도로의 진입로, 어느 길을 택하든 완만한 곡선 끝에 도착하게 되는 천 년 고도 경주의 모습은 늘 어머니의 품처럼 둥글고 따뜻하다.

푸른 신호등이 켜지기를 기다렸다가 직각으로 꺾어서 돌아가는 도시의 각진 길목이라면 고향을 찾는 기분은 처음부터 절반쯤 구겨져 냉랭하고 각박해질 듯싶은 생각이 든다.

그러나 새끼줄을 아무렇게나 던져놓은 것 같은 시골길에 정감이 더 가는 이유도 무릇 곡선에서, 우리가 오랫동안 잊고 살아온 자신의 원초적인 모습을 되찾은 안도의 기쁨 때문일 것이다.

우리의 본성은 원래 둥근 것이다. 해와 달, 지구와 모든 천체가 둥글고, 우리의 육체도 수없이 많은 둥근 세포로 이루어졌다. 길바닥에 떨어진 모난 돌 한 조각도 그 내면은 둥근 원자의 에너지 입자로 차 있음은 이미 물리학자들이 밝힌 사실이다.

인간은 누구나 둥글고 자비로 가득 차 있는 신의 분신이다. 다카하시 신지는 사람의 마음을 손바닥처럼 들여다보았다. 나무며 꽃의 요정들과도 대화하던 분이었는데 그가 제시한 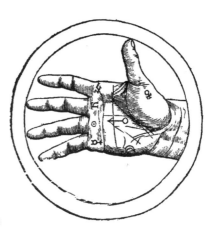 마음의 모양은 둥근 것이었다.

마음속에는 본능, 감정, 지성, 이성, 상념이란 다섯 영역의 둥글게 서로 마주보며 자리를 잡고 있다. 이것이 의지의 힘에 의해서 육체와 연결되어 상호작용하고 있다. 우리의 마음은 천체처럼 둥글다.

원은 그 어떤 모양보다도 용적량이 크다. 그래서 원은 완전을 의미하며 인격을 이야기할 때도 원만하다는 표현을 한다. 원은 모난 것과는 달리 저항을 가장 적게 받으며, 원의 운동은 무한을 의미한다.

다람쥐 쳇바퀴 돌듯하다는 표현은 시발점과 종착점이 없는 원의 운동을 말한다. 원의 운동은 또한 영혼의 윤회를 뜻한다. 물질계의 이 세상과 의식계의 저 세상을 영혼이 왕래하면서 전생윤회하는 것이 생명의 실상이다. 육체는 태어나면 죽어야 하지만 마음은 영원히 죽지 않는다.

원이야말로 잠재의식에 간직된 영혼의 고향의 모습이다. 고요한 밤에 떠 있는 둥근 달을 보면서 우리가 향수에 젖고, 저마다의 소망을 마음에 간직하게 되는 것은 무의식중에 자신의 마음을 보고 있기 때문이다.

우리는 모나게 살지 말고 둥글게 살아야 한다. 이것은 인간의 가장 소박하고 온전한 명제다. 욕심으로 인해 화를 내고, 불평을 하고, 시기와 질투를 하는 것은 자신의 둥근 마음을 모나게 만드는 것이다. 모난 마음으로는 다른 사람을 안을 수 없고, 앞으로 전진할 수도 없다. 자신의 의견을 높이 치켜들기 전에 잘못된 것이 있으면 잘못을 인정하고 반성하는 자세를 가져야 한다.

"네, 그렇습니다"라고 말하는 유순한 마음.

"미안합니다"라고 말하는 반성의 마음.

"덕분입니다"라고 말하는 겸허한 마음.

"제가 하겠습니다"라고 말하는 봉사의 마음.

"고맙습니다"라고 말하는 감사의 마음.

이 일상의 다섯 가지 명심은 다카하시 신지가 생전에 만든 것인데, 우리의 둥근 마음을 바로 잡아주는 일상생활의 교훈이다. 나는 이 명심사항을 평생 벽에 써 붙여놓고 산다.

우리는 매일 경쟁을 하며 살아간다. 학교, 회사에서 뿐만 아니라 가족이나 친구 사이에서도 경쟁심을 갖기도 한다. 경쟁 속에서도 우리의 마음은 한결같이 둥글어야 한다. 경쟁에서 지는 것은 한순간의 사건에 불과하지만 인간성의 패배는 영원한 상처를 남기기 때문이다. 인간의 주인공은 육체가 아니라 영혼이기 때문이다. 이 영혼의 연마야말로 우리가 이 세상에 태어난 첫 번째 목적인 것이다.

원효와 더불어 신라 불국토 건설의 정신적 지주였던 의상은 〈법성계〉 첫 구절에 법성원융무이상(法性圓融無二相)이라 게송하고 있다. '우주의 실상(마음)은 둥글고 경계가 없으며 둘이 아니라 하나다'라는 뜻이다.

인간의 육체는 '나와 남'으로 구별할 수 있지만 마음은 우주의식으로 융화되어 있다. 남의 슬픔을 보면 가슴이 아파지고, 남의 웃음을 보면 즐거워지는 것은 마음이 같다는 증거이다.

둥근 왕릉, 둥근 반월성(半月城), 둥근 불상, 현란한 둥근 잔영들은 어쩌면 우리 민족의 마음에 흐르고 있는 조화의 극점을 흔들어대는 게송처럼 들리기도 한다. 우리는 모나지 않고 둥글게 살아야 한다. 우리를 포함한 이 세계가 둥근 원 속에 있고 모든 것에 둥근 원형이 숨어있기 때문이다.

얼굴에는 그 사람의 인생이 담겨있다

남자의 얼굴은 이력서이고 여자의 얼굴은 청구서라는 말이 있다. 사실, 불혹을 넘긴 남자의 얼굴에서 우리는 '인생에 자신과 책임을 질 줄 아는' 믿음직한 실천철학을 읽는 기쁨을 누릴 때가 많다.

얼굴에는 그 사람됨이 나타나게 마련이다. 일본의 미즈노 난부쿠는 당대 최고의 관상가로 이름을 떨쳤던 인물인데 정작 본인의 얼굴은 볼품없는 빈상이었다. 그를 찾아온 손님이 "선생님의 얼굴은 귀티라고는 한 군데도 없는데 무슨 복으로 큰 유명세를 누리고 있습니까?"라고 묻자, 그는 "사주는 관상만 못하고 관상은 심상(心相)만 못합니다. 바른 심상이 저의 빈약한 얼굴을 가려주고 있는 것입니다"라고 대답했다. 사실 사람의 주체는 얼굴이나 몸이 나리라 마음과 영혼이다.

나는 특별히 경주인의 얼굴을 좋아한다. "한국인이면 모두 비슷한 거지, 무슨 경주인의 얼굴이 따로 있냐?"고 반문하는 사람도 있겠지만 경주인의 얼굴은 달라도 크게 다르다.

경주인의 얼굴은 바로 신라인의 얼굴이다. 이를 대표하는 석굴암 대불과 남산골 구석구석 사찰, 왕릉을 뒤덮고 있는 불상, 신장상, 12지상, 토우들이 모두 신라인의 얼굴이다.

그 많은 신라의 얼굴 가운데 내가 가장 좋아하고 가까이 사귀고 있는 두 얼굴이 있으니 바로 금강역사상(金剛力士像)과 신라인면와당(新羅人面瓦當)의 여인상이다.

금강역사상은 석굴암 입구 양편에서 여래와 여러 보살을 수호하고 있는 문지기다. 내가 선호하는 얼굴은 경주박물관에 진열되어 있는 두상이다. 여덟팔자의 눈썹, 형형하게 튀어나온 눈망울, 한 일자로 굳게 다문 입, 누가 봐도 분노에 가득 찬 얼굴이다.

악의 무리들을 향하여 큰 목소리로 외치기 직전의 얼굴이다. 홧김이 모락모락 머리 위로 피어오를 것만 같다. 오늘날 지구를 호령하고 있는 한국 태권도의 원류인, 이 산맥 같은 위력 앞에서는 누구나 압도당한다.

그런데 이 분노의 얼굴과 한참 대면하고 있으면 그게 아니라는 것을 알게 된다. 분노의 얼굴 뒤에는 인자한 미소가 숨어 있다.

30여 년 전, 나는 밤이면 곧잘 술친구들과 함께 촛불을 켜 들고 이 석상이 걸려 있던, 구 박물관 서쪽 행랑을 찾았다. 캄캄한 밤중에 촛불을 들고 박물관에 들어가는 것은 으스스한 일이다. 2천 년 전의 인물과 짐승들이 일제히 기지개를 켜고 일어나서 우리를 반길 것만 같은 느낌이었다.

목표했던 금강역사상 앞에 이르면 촛불을 치켜든다. 촛불을 45도 얼굴 옆 1~2미터 거리에서 45도로 비추면 석상은 금방 살아서 움직인다. 돌이 고무처럼 풀어지고 얼굴의 근육이 꿈틀거리기 시작한다. 그리고 구름을 헤치고 드러나는 둥근 달 같은 미소가 행랑 안을 환하게 밝힌다.

금강역사상이 다시 살아나 미소를 지으면 우리는 금새 친해진다. 아니 내가 그에게 홀딱 매료되었다고 하는 것이 옳은 표현일 것이다. 금강역사상의 분노에 찬 얼굴은 잘못을 꾸짖는 인자한 미소의 얼굴이다. 사랑이 듬뿍 담긴 표정인 것이다.

우람한 역사의 얼굴에서 나는 신라 여인의 미소를 읽는다. 수년 전, 처음으로 신라 인면 와당의 여인상을 대했을 때 분명히 나는 충격을 받았다. 역사의 얼굴에서 내가 읽고 그리던 미소의 주인공이 현실로 나타난 까닭이다.

작은 샘에서 물 한 바가지 얻어 마실 수 있는 여염집의 소박한 여인의 얼굴이며, 오욕의 물질에 대한 탐심의 그늘이라고는 티끌만큼도 찾아 볼 수 없는 인정으로 가득 찬 얼굴이었다. 금강역사상의 우람한 얼굴과 자비에 찬 여인상은 신라를 대표하는 얼굴이다.

고향을 떠나 집시 같은 생활을 하고 있는 나는, 이삿짐을 꾸릴 때마다 언제나 이 두 얼굴을 재산목록 제1호처럼 소중하게 모시고 다닌다. 벽면에 안치해 놓고 더불어 살고 있는 두 얼굴과 거울에 비치는 내 얼굴을 비교해 보면서, 나는 꼭 두 분을 합친 것만큼의 얼굴로 있었으면 하는 욕심과 다짐을 한다.

인생의 극점을 한눈으로 표현하고 있는 자랑스러운 경주인의 얼굴만은 절대로 놓치지 않겠다는, 어쩌면 유일한, 나의 끈질긴 집착이다.

건전한 정신과 건강한 육체는 에너지를 전달한다

노르웨이 극작가 입센이 쓴 희곡《인형의 집》의 주인공 노라는 아내와 어머니가 아닌 한 여성으로 살고 싶어서 집을 떠난다. 희곡은 이것으로 끝나지만 노라의 인생은 끝나지 않았다.

애원하는 남편을 뿌리치고 아이들마저 남겨둔 채 가정을 포기한 노라의 인생은 어떻게 전개되었을까. 한 여성으로서 그녀의 뜻대로 과연 행복하고 만족스러운 여생을 누렸을까. 아무래도 긍정적인 결론을 얻어내기 힘들 것이다.

1879년 노라의 자유주의사상은 1960년대에 들어 갑자기 미국에서 우먼리브운동을 일으킨다. 남녀동권·자유·평등을 부르짖는 여성해방운동은 지구촌을 뒤흔들었다. '남자들에게도 아이를 낳게 하자' 하는 해괴한 깃발까지 등장했던 기억도 되살아난다.

이 거센 물결을 타고 여성의 사회 진출은 두드러졌다 여성의 복지 사회 건설에 기여한 공로는 컸지만 덩달아 이혼하는 수가 증가하였고 가정에는 더욱 심각한 문제가 발생하기 시작했다.

"당신 아이하고 내 아이가 한패가 돼서 우리 아이를 괴롭히고 있는데 어떻게 하면 좋지?" 미국 가정에서 흔히 들을 수 있는 이런 부부간의 푸념은 오늘날 미국의 가정상을 단적으로 대변해주는 말이기도 하다. 이는 마냥 웃어넘길 유머가 아니다.

서로 얼굴 한 번 보지 못하고 부모의 결정에 따라 결혼을 강요당했던 지난날 우리의 풍습에 비하면, 지금은 서로의 얼굴은 물론 성격이나 습관 등 상대가 싫증이 날 정도로 만나는데 이혼율은 더 높아지고 있다. 대체 이유가 뭘까.

여자는 아내, 며느리, 어머니가 되고, 장모·시어머니가 되는 필수과목을 통해서 사랑의 원액을 담금질해야 하는 목적과 사명을 지녔다. 이것이 여성의 기본적, 보편적 가치이며 권위이다.

예전 TV프로에서 김한길이 젊은 예배우 셋을 상대로 '무인도에서 살게 됐을 때 한 가지 소원만 들어준다면 무엇을 택하겠는가'라는 질문을 던졌다. 한 아가씨는 고개를 가우뚱하더니 '거울'이라고 대답했다.

무인도에 가서까지 얼굴에 신경을 써야 하는 미모에 대한 여성 특유의 집착심이 이렇게 끈질기다. 두 번째 아가씨는 '먹을 것' 하고 대답했다. 태양이 있고 물이 있고 공기가 있으면 지상생활의 기본은 갖추어졌으니 먹을 것은 초목으로도 충분할 텐데 유일무이(唯一無二)의 소원 한 가지를 먹을 것으로 날려버리다니!

세 번째 아가씨가 내가 생각했던 답을 말해주었다. '남자'라고 대답했다. 남자나 여자는 피차 혼자 있을 동안에는 불완전한 존재다. 한쪽은 남은 부분이 있고 한쪽은 부족한 부분이 있다. 따라서 한쪽은 원심(遠心)으로 작용하고 한쪽은 구심(求心)으로 작용하는 양과 음의 반쪽 존재다.

원심과 구심이 합심할 때 비로소 완전한 삶을 누릴 수 있게 된다. 말하자면 가정이란 창조적 단위가 탄생한다. 내가 아는 젊은 소설가 한 분은 이 지구상이 비구·비구니와 신부·수녀로만 채워진다면 지옥이 될 것이라는 극언을 토했지만 모두가 독신·독녀를 고집한다면 인류는 멸망할 것이다. 출가승이나 신부·수녀의 존재는 현실적 집착과 욕심을 경계하는 모범적 소수로 선택되어 있다.

남녀가 결혼하는 데 가장 관심거리는 외모·재력·학력 등인 것 같다. 이러니 처음부터 문제점을 안고 시작하는 삶이다. 이상적인 배우자 선택의 조건을 들자면 한마디로 건전한 정신과 건강한 육체다.

건전한 정신과 건강한 육체. 건전한 정신은 삶의 방향을 바른 길로 몰고 가는 에너지가 될 것이고, 건강한 육체는 자식을 낳아 기르고 가사를 돌보고 사회에 기여하는 에너지가 되기 때문에 이 두 가지는 미모나 재력, 학력보다 앞선다.

건전한 정신이란 올바른 생명의 파악과 실천을 의미한다. 생명의 본체는 육체가 아니라 마음이다. 자비심 많고 덕이 있는 심성이야말로 그 무엇보다도 우선하는 최고의 조건이다.

석가 생존 시 인도에 코살라라는 나라가 있었다. 코살라 국왕 파세나데왕은 노예였던 미츠리카를 왕비로 맞아들였다. 미츠리카는 원래 카필라라는 이름을 가지고 있었으며 노예의 신분으로 쟈스민 화원에서 일하고 있었다. 얼굴은 못생겼지만 마음씨가 곱고 깨끗했다.

어느 날 그 근처에 사냥 나왔던 파세나데왕이 길을 잃고 더위에 지쳐 그 농원에 들르게 되었다. 카필라는 그가 왕인 줄 몰랐으나, 높은 자리에 있는 분이라 생각했다. 그녀는 자기가 입고 있던 덧옷을 벗어 땅에 깔고 자리를 마련하여 왕을 모셨다.

목마른 왕을 위해 물을 대접하고 얼굴과 발을 씻어드렸다. 카필라는 다시 자기의 옷을 더 깔아서 그 위에 왕을 눕게 한 다음, 팔다리를 주물러 드렸다. 파세나데왕은 아무 말도 하지 않는데, 자기 마음을 미리 읽고 시중들어주는 여자의 현명함에 놀라 말했다.

"누구의 딸이냐"

"야주아랏타 님의 하인입니다."

왕은 야주아랏타에게 돈을 치르고 궁전에서 옷과 장식품을 가져오게 하여 카필라를 목욕 화장시킨 뒤, 자기 마차에 태워 함께 궁전으로 돌아왔다. 카필라는 궁중에 들어가서는 여러 가지 학예를 익혀 서화·가무 등 못하는 게 없었다.

아름다운 마음씨가 더욱 닦아져 5백여 명의 궁녀들의 존경을 한 몸에 받고 첫째 왕비가 되었다. 왕과 처음 만난 곳이 쟈스민 화원이라는 인연도 있고, 아름다운 마음의 향기가 풍기는 여성이었으므로 '마츠리카'라는 이름으로 불리게 되었다. '마츠리카'는 말리화(茉莉花)이니 곧 쟈스민의 꽃을 의미한다.

마츠리카는 비록 얼굴은 못생겼지만 마음의 지존함을 천성으로 깨달아 실천하고 있었으므로 노예의 신분으로서 마침내 왕의 눈에 들어 왕비가 된 것이다. 얼굴이 못생기고 재력과 학력이 없다고 걱정하고 실망할 일이 아니다. 마음속에 쟈스민꽃과 같은 향기를 풍기면서 가정을 환하고 따뜻하게 감싸는 일은 누구든지 할 수 있는 일이기 때문이다.

지금 우리 주위에는 못생긴 얼굴과 열악한 신체적 조건을 한탄하고, 재주가 없다고 비관하고, 못 배운 부모와 가난한 가정환경을 불평불만 하는 사람이 많다. 고민을 해결하기 위한 길은 세 가지밖에 없다. 먼저 자신의 환경을 바꾸는 것과 결혼할 상대를 바꾸는 것, 자기 자신을 바꾸는 것이다.

환경이나 상황은 바꾸고 싶어도 간단하게 바꿀 수 없는

노릇이다. 그런 것을 무리하게 바꾸고자 하면, 결국 도피로 치닫는 길뿐이다. 가출, 자살, 자학, 도피, 대면기피 등은 그런 도피의 양상들이다. 현실을 무작정 도피하면 일시적인 편안을 얻을 수 있을지 모르나 비슷한 상황이 또 닥칠 것이다.

'인과의 법칙', '순환의 법칙'이 마음의 세계에서는 따라다닌다. 싫은 사람으로부터 탈출을 성공했다 해도 싫은 유형은 다른 곳에서 또 비슷하게 기다리고 있는 것이 인생이다. 이 세상의 사건들은 영혼의 시험장과 같은 곳이다. 시험에 합격하지 않는 한 재수, 삼수가 불가피하다.

학업과는 달리 중퇴할 수 없다. 도피는 자신의 마음을 상하게 하고, 자신의 미래를 망치는 일이다. 문제가 생기면 힘들더라도 그 문제를 직시해야 한다. 계속 피하기만 하면 힘들어지고, 연약해지며 그 문제는 풀릴 때까지 기다리고 있다. 그 문제가 풀리면 그와 같은 문제는 문제로 느껴지지 않는다. 결국 인내와 노력으로 자신을 바꿈으로써 문제를 해결해야 한다.

《인형의 집》의 노라의 가출은 도피였다. 그러니 노라가 무작정 가출한 후의 행복은 보장 받을 수 없다. 그녀는 자신 안에 있는 보배를 깨닫지 못했던 것이다. 그녀가 마음의 물꼬를 조그만 터주었다면 남편의 고독도 자식의 불행도 막을 수 있었고, 가정을 천국으로 꾸밀 수 있었을 것이다. 모든 고민을 해결하는 최고의 방법은 자신을 바꾸는 길이다.

자신을 먼저 사랑하라

2500여 년 전 인도에는 코살라라는 나라가 있었다. 코살라의 국왕인 파세나데왕이 어느 날 왕비 마츠리카에게 이렇게 물었다.

"당신은 이 세상에서 누구를 가장 사랑하시오?"

마츠리카는 노예 신분이었던 자기를 왕비로 맞아들여 준 파세나데왕의 갑작스런 질문을 받고 잠시 동안 곰곰이 생각하다가 대답했다.

"임금님, 저는 저를 가장 사랑합니다. 자기 자신보다 더 사랑스러운 사람이 이 세상 어디에 있겠습니까?"

왕은 마츠리카의 답변을 듣고서 기분이 상했다. 으레 "임금님, 저는 세상에서 임금님을 가장 사랑합니다"라는 대답이 나올 줄 알았는데 기대는 크게 빗나가고 말았다. 왕은 그 당돌한 대답의 의미를 씹어보았지만 도무지 알 수 없었다.

마츠리카의 대답이 옳은 것 같기도 하면서 틀린 것 같기도 했다.

"당신의 말이 옳은 것 같지만 이해가 잘 되지 않소."

그렇게 말을 하고난 후 왕은 '붓다에게 물으면 분명 의문을 풀 수 있을 거야'라고 생각하며 기원정사로 향했다.

붓다는 파세나데왕의 질문에 이렇게 대답했다.

"사람의 생각이나 마음은 어디든지 가 닿을 수 있습니다. 자신을 사랑하는 사람은 자신이 좋아하는 사람에게 모든 것을 주어도 아까워하지 않습니다. 자신을 싫어하는 사람은 남을 싫어하게 마련입니다. 이 세상에서 자기 자신이 가장 사랑스러운 존재임을 깨달은 마츠리카야말로 타인에게 아낌없는 사랑을 베풀 마음을 가지신 분입니다."

자기 자신을 사랑한다고 하면 언뜻 이기주의로 들린다. 하지만 자신을 사랑하는 마음과 자신만을 사랑하는 마음은 다르다. 나만 좋으면 그만이라고 생각하는 이기주의적인 사랑은 다른 사람과의 조화를 깨트리고, 결국은 자신까지 불행해진다.

진실한 자기 사랑은 자신을 행복하게 만들고 주위 사람들에게 희망과 힘이 되어 준다. 자신의 마음에 잠재해 있는 인류 공유의 신성, 불성의 자각이 바로 진한 사랑이다.

여러 사람에게 인자하고 훌륭하다는 칭찬을 받고 있는 사람이 이따금 난치병에 걸리거나 불행에 빠지는 경우가 있다. 그러면 "이 세상엔 하느님도 부처님도 없다. 저렇게 마음이 착하고 법 없이도 살 사람이 그 지경이 되다니…" 하고 안타까워한다. 물론 그 사람이 착하고 정직하고 올바른 사람임에는 틀림없지만 '자신의 영성을 사랑하고 소중히 여기는 마음'은 모르는 사람이다.

자기가 올바른 만큼 남이 옳지 못하면 곧잘 성을 낸다. 성을 내는 사람은 고혈압, 뇌혈전이 생겨 쓰러지기도 한다.

중풍이나 암으로 쓰러지는 사람 가운데 상당수가 곧고 정직한 위인이다. 자신이 정직하기 때문에 남의 부정을 조용히 넘기지 못한다. 남의 실수를 용서하지 못한다. 언제나 남의 말과 행동이 자신의 척도와 맞지 않으면 불만을 품는다. 나쁜 짓은 상대가 하고 있는데 피해를 입는 것은 자신이다. 이 것처럼 바보스러운 짓이 없다.

옳고 그름을 가리는 것은 좋은 일이나 비분강개하여 마음의 파도를 일으키는 행위는 자신을 천대하는 어리석은 일이다. 그렇다고 악행위나 비리를 그냥 보아 넘기란 말이 아니다. 선과 악, 옳고 그름을 분명히 가리되 자비로 꾸짖고 타일러야지, 화를 내서는 안 된다는 것이다. 교화의 힘이 미치지 못할 경우에는 마음속으로 기도해주고 인욕해야 한다.

보고 듣는 것보다 더 소중한 행복이 있다

선천적인 신체장애자는 유전의 경우도 있지만 아이가 모태에 있을 때, 산모가 심하게 부부싸움을 하거나 고부간의 갈등, 혹은 심한 정신적 고통과 마음이 불안에 빠져 있을 때 그 영향을 받은 경우가 많다.

육체와 마음은 원래 다른 것이다. 선천적인 장애는 본인의 마음과는 아무런 관계가 없다. 열 살 이하의 어린이가 질병이나 사고를 당해서 장애자가 될 경우에도, 원인이 어린이 당사자에게 있다기보다는 부모와 가정의 부조화에 있는 경우가 대부분이라고 한다.

사람은 몸이 불편하면 다른 사람을 원망하고 시기하거나 질투하게 된다. 육체와 마음은 원래 하나가 아니라는 것은 시력과 청력, 언어장애자였던 헬렌 켈러를 보면 잘 알 수 있다.

헬렌 켈러가 태어났을 때 사람들은 남자아이라고 생각했다. 발랄한 성격과 활기찬 모습이 남자 같았기 때문이었다. 그녀는 부유한 가정에서 태어나 가족들의 따뜻한 애정 속에서 아무런 불편 없이 자랐다. 그런데 두 살이 되기 전에 급성 뇌염에 걸려 높은 열로 며칠 동안 의식불명에 빠졌다.

의사가 두 손을 들었지만 그녀는 기적적으로 살아났다. 생명은 구했지만 눈은 보이지 않고 귀도 들리지 않게 되었다. 결국에는 말문이 막혀 언어장애까지 얻게 된다.

헬렌 켈러의 운명은 여기서 큰 변화를 맞이하게 된다. 그녀의 집안은 슬픔으로 가득찼지만 부모님은 그녀를 포기하지 않았다. 어떻게 해서라도 헬렌을 장애에서 구하려고 노력했다. 부모님과 선생님의 노력 끝에 헬렌은 손가락으로 말을 할 수 있게 되고, 상대의 입술을 더듬어 말을 알아들을 수 있게 되었으며, 마침내 자신의 의사를 입으로 말할 수 있게 되었다.

다카하시 신지는 헬렌 켈러의 영혼과 만나서 대화를 나누었다. 스승이 헬렌 켈러에게 "당신은 어렵고 고통스러운 생애를 참으로 잘 이겨냈습니다"라고 말을 건넸다. 그러자 그녀는 이렇게 대답했다고 한다.

"저는 눈이 보이지 않았기 때문에 세상을 보고 마음을 어지럽히는 일이 없었고, 귀가 들리지 않았으므로 세상의 소리를 듣고 나쁜 생각을 품지 않았습니다. 그러므로 세상의 것들을 말하거나 험담을 하지 않았습니다만, 저는 대신 늘 혼자 고립되어 있었기에 신과 이야기를 나눌 기회가 많았습니다. 그것이 저는 참으로 행복했습니다."

헬렌 켈러의 그 말은 세상 사람들에게 마음이 얼마나 중요한 것인지를 깨닫게 해준다. 헬렌의 시력과 청력, 언어장애는 그녀의 강인한 마음 앞에서 장애가 될 수 없었다. 마음은 모든 것을 실현시키기도 하고 모든 것을 망치기도 한다.

인간성에도 금메달이 있다

우리나라의 마라톤은 올림픽이나 이름 있는 국제대회에서 여러 차례 금메달을 획득함으로써 국위를 크게 선양한 종목중의 하나이다. 특히 바로셀로나 올림픽 마라톤에서 우승한 황영조 선수가 금메달을 목에 걸고 애국가를 부르는 모습은 감동적이었다.

황영조 선수가 금메달을 목에 건 것도 자랑스러웠지만 그보다 더 감동적인 것은 황영조 선수에게 밀려 은메달에 머문 일본의 모리시타 선수가 기자회견 중에 말한 내용이었다.

"황영조 선수는 분명 나보다 스피드가 할발 빠른 훌륭한 선수였습니다. 나무랄 데 없는 금메달의 주인공입니다. 경기에서 뿐만 아리라 인간성에 있어서도 나를 압도한 금메달감이었습니다."

모리시타 선수가 황영조 선수를 칭찬하는 말에 기자들이 무슨 뜻이냐고 물었을 때 그는 말했다.

"10킬로미터쯤 급수지역에 들어선 순간 나는 들었던 물컵을 그만 손에서 떨어뜨렸습니다. 나는 무척 당황했습니다만, 그때 옆에서 달리고 있던 황영조가 선뜻 자기가 마시다 만 물컵을 건네주면서 '감바레(힘내시오.)'라고 격려해 주었습니다."

대체로 경기에서 이기면 자신이 가장 뛰어난 사람인 것처럼 말하고 행동하지만 실패를 하게 되면 말없이 자신의 분을 삼키는 것이 당연한 모습이다. 그러나 모리시타는 황영조 선수를 추켜세우고 칭찬하기에 바빴다. 그의 침착한 말과 행동은 비범한 선수라는 것을 증명해 주었다. 이 두 선수는 바르셀로나 올림픽을 멋지게 장식한 영웅들이었다.

서부 영화의 결투장면을 보면, 어느 한쪽이 총을 놓치면 상대방은 총을 집을 때까지 기다리거나 자신의 총을 버리고 같은 조건에서 결투를 한다. 비겁한 방법으로 승리를 하기보다는 지더라도 정정당당하게 경기에 임하는 자세를 중요하게 여긴다.

황영조 선수가 경쟁자에게 자기의 물컵을 건네준 행위는 마치 총을 상대방에게 넘겨주고 자신은 맨손으로 싸우겠다는 것과 같다. 다음 급수 지점까지는 물을 얻을 수 없는 것은 물론이고, 눈썹 하나 차이의 선두를 다투는 숨가쁜 경주 도중에 그런 여유 만만한 행동은 대담하고 놀라운 모습이다.

황영조 선수는 올림픽 전날까지 하루도 빠짐없이 일기에 '바르셀로나 올림픽 금메달, 세계적인 마라토너 영조 황'이라고 썼다고 한다. 그의 금메달에 대한 집념과 신념은 대단

했다.

　스포츠광은 아니지만 비교적 스포츠를 즐겨 보는 나는, 경기의 내용보다는 승리에 집착한 적이 있었다. 그때는 내가 원하는 팀이 수단과 방법을 가리지 않고 이기기만 하면 된다는 위험한 생각까지 했었다.

　이 같은 지나친 승부욕과 개인적 이기주의는 우리의 문화 밑바닥에 스며들어 사회를 흔들어 놓고 있다. 우리는 모두 자신을 반성하여 어느 한 편만을 생각하고 좋아하는 행위가 얼마나 마음에 해를 끼치는 지, 전체의 조화를 깨트리는지를 알아야 한다.

　언젠가 한번은 권투중계를 보다가 흥분한 나머지 병원에 실려 온 50대 중반의 남자 환자를 치료한 적이 있다. 박찬희 선수와 멕시코의 칸토 선수와의 세계타이틀 매치라고 생각되는데, 다음 날 아침에 그는 아직도 뭔가 풀리지 않았다는 듯 아쉬운 표정이었다.

　내가 그에게 "권투는 선수가 했는데 당신은 왜 쓰러졌소?"하고 묻자 "선생님도 한국 사람이요? 나는 박찬희가 질까봐 얼마나 마음을 조렸는지 모릅니다."라고 때꾸했다.

　그에게 종교를 물었더니 불교라고 하기에, 붓다는 인도 사람만을 위해서 설법하지 않았으며, 불교의 진수인 중도의 생활은 어느 한쪽을 편드는 것이 아니라 저 태양처럼 만인에게 공평하게 대하는 것이 부처의 마음이라고 알려주었다.

스포츠 경기 또한 중도의 입장, 심판과 같은 제삼자의 입장에서 관전하면 흥분하지 않고 승패를 떠나 진짜 경기 내용을 즐길 수 있다고 일러주었더니, 그는 크게 느낀 듯 연신 고맙다는 인사를 되풀이하였다.

승자는 오만에 빠지지 말고 계속 자신의 위치에서 열심히 노력해야 한다. 패자는 승자에게 진심의 축하를 보내면서 더욱 분발해야 한다. 이것은 비단 운동 경기에만 해당되는 것이 아니라 우리의 일상생활에서도 꼭 필요한 것이다.

 위대한 진리의 발견자들

우리나라 지도를 아무렇게나 그려서 거꾸로 뒤집으면 파라과이의 지도가 된다. 지구의 중심부를 통과하면 파라과이가 나온다. 정확히 우리나라 반대편에 위치한 나라가 파라과이이다.

우리나라가 겨울일 때 파라과이는 무더운 여름이고, 봄일 때는 가을이다. 우리나라가 낮 12시면 파라과이는 밤 12시다. 남창에 햇빛이 많이 드는 한국에 비해서 파라과이는 북창에 햇빛이 많이 들고 남창은 언제나 그늘지다.

여름이면 창문을 활짝 열어놓는 우리와는 반대로 창문뿐만 아니라 덧문까지 꼭 닫는다. 겨울에는 반대로 덧문을 열어놓는다. 그곳의 기온은 영도 이하로 내려가는 날이 드물지만 기분이 나쁠 정도로 춥다. 아무리 옷을 껴입어도 뼛속에서 찬바람이 새어나오는 것 같다.

눈이 오지 않기 때문에 더 춥게 느껴지는 것 같았다. 그곳에는 추운 겨울에도 모기가 극성이었다. 기온이 영도 이하로 내려가야 모기가 죽는다고 하는데, 일 년 동안 모기장을 걷어내는 날이 없었다.

9월은 강북 갔던 제비가 돌아오는 봄이요, 4월은 낙엽 지는 가을이다. 낙엽수라는 이름을 가진 나무들이 있을 뿐 겨울에도 나뭇잎들이 붙어 있다. 눈 내리는 화이트 크리스마스가 아니라 한여름에 구슬땀을 흘리며 맞이한 크리스마스는 연극 연습을 하는 것 같았다.

국민성 또한 대조적이다. 그들은 친절이 몸에 배어 있다. 길을 물으면 동행해서 가르쳐주고 택시기사는 손님이 원하는 대로 해주며 볼 일을 다 마칠 때까지 기다려준다. 그렇다고 요금을 많이 요구하는 것도 아니다.

버스기사는 승객이 아무리 귀찮게 해도 짜증을 내지 않고 노인들이 승하차 시에 꾸물대며 오래 정차하게 되더라도 화를 내지 않는다. 그들은 무슨 일이든지 서두르는 법이 없다. 느린 행동은 그들의 특성이다. '내일'을 서반아어로 '마냐나'라고 하는데 대부분의 약속은 마냐나로 지연된다.

한번은 배수관이 터져서 물이 나오지 않아 사흘 동안 고생 한 적이 있다. 사흘 만에 찾아온 배관사는 '내일(마냐나)'가 있는데, 뭘 그렇게 걱정하느냐는 듯 느긋한 태도였다.

파라과이 국토의 면적은 우리나라 두 배로, 인구는 3백만 명 정도밖에 안 된다. 스페인 식민지의 바람을 타고 정착한 백인계가 대부분이고 과라니족 원주민들이 두 번째로 많다.

과라니족은 한국인과 비슷하게 생겼다. '이쁘다', '메주'

등의 비슷한 말과 지게를 지는 생활양식, 엉덩이에 몽고반점이 있는 것까지 흡사한 점들이 많다. 여러 가지를 미루어볼 때 우리와 같은 혈통의 몽골종족인 것 같다.

원시적인 생활을 하고 있는 이들이 장수하는 이유는 즐겨 먹는 약초에 있었다. 원주민뿐만 아니라 파라과이 백인계 국민들이 즐겨 마시는 '젤바마떼'라는 차에는 칼슘, 카페인, 카로틴, 단백질, 철분, 비타민 A, B, C 등이 함유되어 있는데, 정혈작용과 강장제, 각성제, 이뇨제, 혈압 강하, 체내 독소 제거의 역할을 한다. 당뇨병을 고쳐주는 꼬구, 로메로, 가회 등 이 나라에서만 볼 수 있는 약초가 많다.

파라과이는 광활한 국토와 풍부한 자원을 가진 남미의 심장부이면서도 국민소득은 우리의 절반도 못 된다. 세계에서 물가가 가장 비싼 도시가 일본의 수도 도쿄이고, 가장 싼 도시가 파라과이의 수도 아순시온이다. 50평 정도의 집세가 월 10만 과라니(13만 원 정도)이고 보증금은 없다. 식모의 월급이 2만 과라니 정도다.

가로수에 주렁주렁 열리는 오렌지 같은 과일은 맛이 없다며 아무도 손을 대지 않는다. 결국 청소부가 떨어진 과일을 청소한다. 먹는 것도 걱정하지 않는다. 게으르고 저축하지 않는 것도 풍부한 자원 때문인 것 같다.

그들은 호주머니에 돈만 있으면 홀랑 마셔버리든가, 축구 복권을 사서 날려버린다. 복권에 당첨되는 것보다는 복권구 입 그 자체에 취미가 있는 것처럼 보일 정도다.

오전 12부터 오후 3시까지는 개인사업장이나 관청, 은행을 막론하고 문을 닫는다. 낮잠을 자는 시간이다. 그 시간에 영업을 하는 가게는 한국 사람 또는 중국 사람이 운영하는 가게이다. 그들은 악착같이 일하고 저축하는 사람들을 보고 "인생을 즐기기 위해서 사는 것이지 돈을 벌기 위해서 공생하는 것이 인생인지 모르겠다"면서 불쌍하다고 한다.

가진 것 없이 이민을 가는 한국인에게 파라과이는 그지없이 고마운 나라이다. 1965년부터 시작된 이민이 계속되어 지금은 1만 명이 넘는 교포들이 살고 있으며, 그보다 더 많은 사람이 파라과이를 거쳐 미국이나 브라질, 아르헨티나 등으로 건너가 살고 있다.

나는 '대한불교달마회' 이사의 신분으로 해외 포교 방침에 따라 한대석 법사와 함께 1985년 9월 3일 처음으로 파라과이에 도착하여 일 년 동안 생활을 했다. 달마회(達磨會)의 지도법사이신 숭산 행원 대선사님은 미주에 포교의 기틀을 잡고 계셨다.

천주교가 국교인 나라이고, 한국 교민 중 90%가 기독교 신자인 곳에 사찰은 하나뿐이다. 달마사라는 사찰은 처음 4~5명으로 시작하여 40~50명으로 늘어났다.

나는 불교에 귀의한 것은 사실이지만 불교인이라기보다는 정법행자(正法行者)로서의 긍지와 감사로 가득 차 있으며,

그 실천과 정진을 게을리 하지 않고 있다. 불교의 교리가 바로 정법인데 무슨 소리냐고 묻는 사람도 있겠지만, 매일 절에 찾아가 불상 앞에 엎드려 기복하는 자세는 불자의 참다운 모습이 아니다.

바른 생각과 마음가짐을 실천하고 이웃에게 자비와 사랑을 베푸는 것이 가장 중요하다. 자비와 사랑의 실천이 최상의 명제라고 생각할 때 불교와 기독교, 천주교 등 모든 종교의 근본은 동일하다. 하느님이라고 하면 거부반응을 일으키는 불교인이나 부처님이라고 하면 알레르기 반응을 일으키는 기독교인은 모두 첫 관문부터 낙제한 신앙인들이다.

태어날 때부터 특정 종교의 명찰을 달고 태어난 사람은 아무도 없다. 모두 같은 인간으로 태어났으며 가정환경이나 교육, 사상의 영향을 받아 기독교나 불교, 천주교, 무교 등으로 갈라졌을 뿐이다.

나의 종교만이 옳고 다른 종교는 옳지 않다는 사고방식은 화합과 조화를 목적으로 한 모든 종교의 교리에 어긋난다.

기독교에서는 천국을 내세우고 불교에서는 극락을 내세운다. 나는 지금까지 사후세계가 천국과 극락으로 나눠졌으리라고는 생각해 본 적이 없다. 하물며 석가와 예수가 저 세상에서 서로의 종교를 내세우는 모습이란 꿈에서조차 상상하기 힘든 모습이다.

어제는 공자, 석가, 예수, 소크라테스

4인의 정다운 회식에

불청객으로 끼어들어

갈채(喝采)로 받든 법주(法酒) 넉 사발 들이키고

무지개 같은 용트림 한 번 하였다.

- 본인의 시 〈달마상〉 중에서

나는 천상계에는 공자와 석가, 예수, 소크라테스뿐만 아니라 이 세상에서 명멸한 많은 선현들이 한데 어울려 낙원을 이루고 있을 거라고 생각한다. 저 세상에서 각자 자신의 의견을 내세우고 있다면, 그분들이 이 세상에서 남긴 설교나 설법인 성경이나 불경은 모두 거짓이 될 것이다.

우리가 기독교의 옷, 불교의 옷, 한국의 옷, 이스라엘의 옷, 인도의 옷을 훌훌 벗어 던지고 나면 무엇이 남겠는가. 모든 것을 버리고 나면 인류의 공통분모인 진실한 마음만 남는다.

우주가 하나이고, 태양과 지구가 하나이듯 진리도 하나이다. 모세, 석가, 예수도 태어났던 시대와 장소, 환경과 상황에 따라 진리의 표현, 진리의 실천에 있어서 그 방법과 방편이 달랐을 뿐이다. 예수 이전에도 기독교의 진리는 있었고, 석가 이전에도 불교의 진리는 있었다.

예수와 석가는 기독교와 불교의 창시자가 아니라 위대한

진리의 발견자요, 실천자였다. 위대한 진리의 구현을 위해서, 인류를 구제하기 위해서 지상에 태어난 신, 혹은 진여(眞如)의 대행자들이다.

우리 집안에는 기독교 신자와 불교 신자, 천주교 신자, 무신론자 등 여러 종교가 한데 어울려 있다. 위화감을 느끼기는커녕 각자 자신의 마음에 맞는 종교를 택하여 영혼을 연마하는 것은 얼마나 좋은 일인가.

파라과이에서도 나는 기독교인, 천주교인에 대해 손톱만큼의 거부감이나 반감을 가져본 적이 없다. 그러나 반대로 일부 기독교인으로부터 '마귀'라는 배척을 받은 적이 있다.

나를 마귀가 붙은 사람이라고 말하는 자와 나를 경원시하는 이에게도 작은 아픔이나 설움을 느끼지 않았다. 내게 논쟁을 걸어온 한 청년에 대해서도 흥분하거나 마음의 동요를 일으키지 않았다.

이 지구상의 진정한 평화는 국가관과 종교관이 만들고 있는 두터운 벽을 허무는데 있다. 숭산 행원 큰스님이 제창한 '종교 UN'의 정신도 바로 여기에 있다.

기독교인이 90%인 파라과이 교포사회에서 기독교 신자가 아닌 불교 신자가 교민회 회장으로 당선된 것은 놀라운 일이다. 그는 "종교나 혈연, 지연 등으로 갈라진 교포들이 파벌의식을 버리고 화합과 단결로써 슬기로운 이민생활을 해야 한다"고 늘 이야기했다.

파라과이 뿐만 아니라 남미에 사는 교포들은 옷이나 생활용품을 판매하는 일을 주로 한다. 아순시온 시내에 있는 시장은 마치 남대문시장을 연상시킬 정도로 한국인의 옷가게가 판을 치고 있다. 옷 이외에도 전자제품상, 식료품가게, 식당 등이 줄을 잇고 있다. 가족들을 두고 홀로 떠나 1년 동안 머물다 온 파라과이! 전생에 무슨 인연이 있었으며 차후에 또 어떤 연분을 가질 것인가. 파라과이는 과연 내게 무슨 의미를 던지고 있는 것일까?

지구촌이라는 말처럼 우리는 한 형제라는 사실을 뼈저리게 실감하게 해준 1년. 같이 생활했던 '도미'와 그의 가족, 남미 구석구석에서 숨 쉬고 있는 한국인의 힘찬 호흡소리, 아순시온 한국인 교회의 종소리, 아순시온 달마사의 목탁소리, 이 모두가 지구를 빙글빙글 돌고 있는 것만 같다.

이 지구상에서 가장 아름다운 나라가 바로 한국이라는 것을 재확인하였다. 투명하고 푸른 하늘 빛, 작은 돌멩이 하나, 한 포기의 풀, 한 방울의 물에 이르기까지 우리 것보다 더 맑고 예쁜 것이 있을까?

나이아가라 폭포보다 훨씬 더 큰 이과수폭포를 바라보면서 나는 그 웅장함에 놀라는 한편, 시뻘건 흙탕물에 그만 기가 질리고 말았다. 지구 한 모퉁이가 홍수로 밀려 떨어져나가는 듯했다. 우리는 한반도 금수강산을 기필코 아름답게 지켜야 한다. 결코 금수(禽獸)가 아닌 금수(錦繡)로 지켜야 한다.

사람이 한 번 화를 냈을 때

어항 속의 금붕어 네 마리를

즉사시킬 수 있는 독성이 체내에서 발생한다.

제7장

육체의 에너지

몸이 병들어도 마음은 병들지 마라

일본의 나카무라 박사는 젊었을 때 결핵을 앓고 인생을 포기해야 할 지경에 이르러 세계일주에 나섰다. 그는 여행 중에 이집트 카이로의 한 식당에서 우연히 요가의 성자를 만나 그 길로 입산하여, 현대의학에서는 얻을 수 없는 귀중한 체험을 한다.

어느 날 성자가 나타나 "기분이 어떤가?" 하고 묻자 그는 "기분은 좋지 않습니다. 몸이 병들어 있으니까요"라고 대답했다.

그러자 성자는 "몸이 병들었다고 해서 마음까지 병들 수야 없지. 몸에 이상이 있어도 우는 소리를 하면 안 돼. 기분이 어떠냐고 묻거든 '예, 상쾌합니다' 하고 웃는 얼굴로 대답해야 한다"는 말을 남기고 사라졌다.

성자의 말을 믿고 열심히 노력하는 동안에 병은 호전되었고 마침내 완전한 건강을 되찾았다. 3년 동안 온갖 동양의학의 신비를 체험했고, 초능력까지 익히고 나카무라 박사는 귀국했다.

미국에서 공부하여 현대의학만이 옳다고 믿었던 박사는 천풍회를 조직하여 인술을 폈는데, 그는 절대로 화를 내지 않았으며 항상 웃는 얼굴이었다. 그 비결을 그는 이렇게 털어놓았다.

"난들 화가 나고 화낼 때가 없겠습니까? 사람이면 누구나 갖게 되는 지극히 당연한 감정이니까요. 하지만 화는 우리 몸에 독성이며 그것을 오래 지니는 것은 몸에 가장 해로운 것이니 화가 나면 처음에는 사흘 안에 버리고, 다음에는 이틀, 그 다음에는 하루, 또 열 시간, 다섯 시간 이렇게 차츰 줄여나가다가 나중에는 화가 나는 동시에 버리도록 훈련하면 됩니다. 그렇게 하면 화가 나도 독을 먹지 않게 되고 내 주위에도 독을 뿌리지 않게 됩니다."

화를 내는 것을 피가 거꾸로 선다고 말한다. 이는 기(氣)가 역상함을 말한다. 화를 내면 기는 위로 오르고 두려워하면 하강하고, 기뻐하면 느슨해지고, 놀라면 흩어지고, 슬퍼하면 사라지고, 근심하면 굳어진다.

집착과 욕심이 없는 평상심이야말로 온전한 우주 에너지를 유지하여 무병 천수를 누릴 수 있다. 강원도 사북에 살고 있는 한 노인은 120세가 넘은 고령에도 불구하고 아직도 생니를 유지하고 있고 허리가 꼿꼿하며, 전국의 백납병 환자를 찾아가 침술로 치료해 주는 노익장이다. 장수비결을 묻는 기자에게 그는 이렇게 대답했다.

"사람의 목숨은 하늘이 정하는 것, 순리대로 살면 되는 것이오. 세 살 적 마음을 백 살까지 그대로 간직하면 오복이 절로 온다는 순리대로 말이오."

세 살 적 마음이야말로 때 묻지 않은 무애무욕 천사의 마음이 아니겠는가. 누구와도 어깨동무를 할 수 있는 그런 나이 말이다. 거울에 비친 모습이 자기라고 생각하는 것은 착각이다. 모습을 인식하고 있는 주체가 자기인 것이다.

육체는 부모로부터 무상으로 얻은 이승의 자동차와 같다. 자동차를 몰고 다니는 의식체야말로 진짜 자기이며 육체는 현상이고 실상은 마음이다. 모든 것은 마음이 만들어낸다. 우주 삼라만상은 신의 마음이 창조한 것이고, 지상의 문화는 신의 대리자인 인간의 마음이 창조한 것이다.

우리의 건강과 운명도 그 뿌리는 마음에 있다. 마음을 육안으로 볼 수 없으니 참 답답하다. 원인은 마음이 짓고 결과는 육체에 나타나니 우연은 없다. 필연 뿐이다. 교통법규를 잘 지켜야 교통사고가 일어나지 않듯, 마음의 법칙을 지켜야 건강하고 탈 없는 인생을 누릴 수 있다.

 침은 약이다

우리가 누구에게 침을 뱉는 것은 상대를 가장 무시하거나 멸시하고 천대하는 행위로 알려져 있다. 그 외에 더러운 것을 보았을 때 침을 뱉고, 부정스러운 장면을 목격하면 침을 뱉기도 한다.

일간지에 연재되었던 박정희 대통령의 일대기 〈내 무덤에 침을 뱉어라〉 칼럼은 원통한 감정이 글 속에 배어 있다. 침이 이렇게 부정적인 면으로 비치는 예는, 생활 주변에서 쉽게 찾을 수 있다. 가령 남이 침을 뱉은 음식을 편안하게 먹을 수 있는 사람은 아무도 없다. 하지만 침 이상 깨끗하고, 고귀하고, 위력적인 힘을 지닌 체액은 드물다.

침(唾液)은 정액이나 호르몬과 마찬가지로 에너지가 액화한 것이다. 그래서 동의(東醫)나 선도(仙道)에서는 옥액(玉液), 영액(靈液), 신수(神水), 옥잠(玉簪), 진액(津液) 등의 존칭을 바칠 정도로 침을 귀중하게 여긴다.

수시로 옥액을 입에 채워 세 번씩 나눠 삼키면 무병장수한다든가 영액으로 입 안을 헹구어 넘기면 오장을 윤택하게 할 뿐만 아니라 뇌를 보강한다든가 그 효과를 예찬한 말이 문헌 도처에 나타난다.

선인이 음식 대신 기를 마신다는 것은 복기(服氣)로 호흡기에 흡입한 기를 목구멍에서 타액과 함께 소화기관에 내려보내는 기술에 의해서 가능한 일이다. 타액을 마시는 방법은 연진법이라 하여 불로회춘법에 필수과목으로 등장시키고 있다.

타액은 외부에서 공급되는 것이 아니라 체내에서 생산되는 것인 만큼 뱉어내지 않는 한 늘 체내에 보존되는 것이니 굳이 입 안에 모아 마실 필요가 있겠는가 하는 생각이 들지 모르지만 연진법의 효용은 엄청나다.

일본 동지사대학의 니시오카 교수가 발암물질에 타액을 섞어 시험관으로 그 효과를 조사한 결과, 거의 30초 후에는 발암물질의 독성이 80~100% 소멸된다는 사실을 알아냈다. 그래서 니시오카 교수는 식품첨가물, 농약, 유독성 곰팡이 등 우리가 무심히 먹게 되는 유해물질에 대해서도 같은 실험을 해보았다. 결과는 발암물질의 경우와 마찬가지였다.

타액 속에 효소의 일종인 펠르오키시타제가 포함되어 소화에 도움이 되고 있다는 정도의 정보를 뛰어넘어, 니시오카 교수는 극히 간단한 방법으로 의외의 효과가 있다는 사실을 발견했던 것이다. 타액은 이름 그대로 옥액이요, 신수인 것이다.

타액에 이러한 효용이 있다는 것을 동양에서는 체험적으로 알고 있었던 사실인데, 과학이 이를 증명해 준 셈이다. 음식을 오래 씹으면 타액이 분비된다. 타액선은 이하선, 악하선, 설하선의 세 가지로 이하선의 호르몬 분비선에서 파로틴이라는 호르몬이 나온다. 파로틴은 페를로오키시타제보다 일찍 발견되어 노화 방지에 도움이 된다는 것을 알고 있었다.

구체적으로 설명하면 근육의 세포와 세포, 조직과 조직을 잇는 결합조직은 나이가 들수록 노화하여 탄력성이 저하한다. 피부나 근육의 노화현상은 결국 조직의 노화가 표면에 나타난 현상이다. 파로틴은 이 노화를 방지하는 기능을 가지고 있다.

타액에서 파로틴이라는 젊어지는 약을 추출한 오카다 박사는 인간이 노화하는 것을 타액선의 호르몬이 결핍되기 때문이라고 말한다. 가까운 예로 어린이와 노인을 비교해 보면 쉽게 알 수 있듯이 나이와 더불어 침의 분비량은 감소하고 있다.

그리고 정신적, 육체적인 피로가 심할 경우 입 안이 마르는 것도 흔히 경험하는 바와 같다. 이런 사실은 타액의 분비가 젊음과 직접 관계가 있다는 것을 의미한다. 또한 타액은 애써 분비를 촉진하지 않는 한 나이가 들어감에 따라 생산량이 감소한다.

현미밥을 백 번 이상 오래 씹어 먹는 식사법은 일석이조가 아니라 일석백조라고 할 만한 것이다. 그리고 식사와는 관계없이 틈나는 대로 혓바닥, 잇몸 마사지운동으로 침을 입에 고이게 하여, 세 번에 걸쳐 꿀꺽꿀꺽 삼기면 바로 옛날 도인들이 했던 연진법이 되는 것이다.

침은 외과용으로도 쓸 수 있다. 아침마다 소금으로 양치질하여 얻어진 타액과 소금과 물의 혼합물로 눈, 코, 귀, 항문을 씻는 세수법은 위력적인 효과를 가져 온다. 남자는 면도한 뒤에, 여자는 화장 전에 사용하면 합성화장품이나 크림 등과는 비교가 되지 않는 효과가 있다.

오래 전에 친구 딸의 목 부위에 암 덩어리가 생겼다. 어린 것을 수술 받게 하기도 딱할뿐더러 수술비도 감당하기 힘든 부부는 합심해서 타액 공격법을 감행하기로 했다. 아침 저녁으로 끈질기게 타액 세례를 퍼부은 결과, 딸아이의 암 덩어리는 한 달 만에 기적적으로 없어지고 말았다.

침을 함부로 뱉어서는 안 된다. 금강산을 관광하고 왔던 사람이 침 한 번 뱉고 벌과금 1천 달러를 물었다는 실화를 떠올려서 하는 경구가 아니다. 침 뱉는 부정적인 마음부터 고쳐먹으라는 경종이요, 침을 귀히 삼켜 젊음을 샘솟게 하라는 의도가 담긴 말이다.

제 몸에 맞는 음식을 먹어야 한다

누님의 다급한 전화가 새벽에 걸려왔다. 밤새도록 앓았는데 좀처럼 진정의 기미가 보이지 않는다고 모기 같은 목소리로 하소연했다. 누님은 하루 종일 죽 이외에는 먹은 것이 없다고 했다.

누님의 근무지는 충북 진천. 서너 시간 만에 가까스로 병원으로 찾아온 누님의 얼굴은 하룻밤 사이에 훨씬 더 늙어버렸다. 아픔의 정도가 짐작되고도 남았다. 지병인 위병이 악화되어 식도로 뻗쳐 있다. 교번자기치료기인 바이오 빔을 쏘였더니 한 시간 정도쯤 지나자 통증이 멎었다.

그런데 저녁에 다시 격통이 온다는 호소 전화가 왔다. 먹은 것을 곰곰이 살펴보니 이틀째 먹고 있는 호박죽에 꿀이 들었다는 것이다. 그 꿀도, 시중드는 아줌마가 정성껏 챙겨 넣었다는 것이다. 비록 영양가는 높지만 꿀도 설탕과 마찬가지로 음에 속하는 음식이다.

누님처럼 위궤양성 극음에 속하는 질환에 꿀, 설탕, 과자, 가지, 토마토, 고추 같은 극음의 음식을 먹는다는 것은 불난

집에 휘발유를 뿌리는 격이나 마찬가지다.

음의 증상을 완화시키는 데는 반대되는 양의 음식을 먹는 것이 최상이다. 즉시 죽염 한 티스푼을 물에 타서 마시게 하고 식사는 현미죽과 깨소금으로 제한했다. 이로써 누님은 고통에서 벗어날 수 있었다.

현미밥과 깨소금만의 식사요법은 저 유명한 사쿠라자와의 마크로비오틱(macrobiotique) 7호식이다. 사쿠라자와 유키가즈는 1893년 일본 동경에서 태어났다. 어릴 때부터 폐결핵을 앓았지만 이시쓰카의 식이요법으로 극복한다. 이것이 그의 필생 업적의 기초가 되었다.

37세에 자신의 무(無)의 원리를 펴기 위해서 시베리아를 경유하여 파리까지 무전여행을 감행, 파리에서 동양철학 및 무쌍 원리를 강의하고 대선풍을 일으킨다.

그의 사상은 의학, 문화, 정치, 국제문제에까지 이른다. 일본은 전쟁에 반드시 진다는 일본 필패론과 반전론을 전개하여 위험인물로 박해를 받다가 투옥된다. 그는 61세에 종전과 동시에 석방되어 세계무전여행에 나서 국제적 자유인으로서의 활약이 본격화된다.

우선 인도에서 그는 정식(正食) 지도를 하는 한편 모택동에게 공개서한을 보내, 그의 건강과 신정책을 제언하기도 하고 슈바이처 박사에게 음식 치병법을 가르치기 위해서 아프리카 탐바레네로 간다. 그를 이론적·실험적으로 설득을 하지만 동의를 얻지 못한다.

그래서 사망률 100%라고 하는 열대성 궤양에 걸려 자기 자신이 직접 의사나 약품의 도움 없이 음식물만으로 완치시켜 보인다. 그는 이 같은 목숨을 건 인체실험을 감행했음에도 불구하고 오히려 자신을 추방하는 슈바이처 박사에게 크게 실망한다.

25년 만에 찾아간 파리에서는 그를 대대적으로 환영한다. 프랑스 제일의 주간지 〈흑과 백〉에서는 5회에 걸쳐 그에 대한 특집을 꾸미기도 했으며 정식 연구단체, 식품공장, 식품점, 식당 등이 잇따라 문을 열었고, 그의 많은 저서들은 수십여 개 나라에서 번역되었다.

월남전 때는 사이공으로 날아가 세계 최강의 부와 권력과 무력을 쏟아 붓는 미국에 맞서 '현미와 죽창으로 싸우는 맨발의 베트남 인민들을 격려'하여 정식법(正食法)을 전달하기도 한다.

그의 정식 생활법을 불어로는 마크로비오틱이라고 한다. 장수를 의미하는 그리스어에 어원을 둔, 이 마크로비오틱 식사법은 그의 수제자 중의 한 사람인 구시 미치오에 의해서 미국에서 각광을 받아 박물관에 전시되고, UN에서 공로표창을 받을 정도로 크게 보급되고 있다.

무쌍 원리를 여기서 자세히 소개할 수는 없지만 음식물의 음양을 구별하는 기준을 간략하게 설명해 보겠다. 식생활에

도움이 되었으면 한다.

덥고 따뜻한 토지와 기후에서 자라는 것, 빨리 자라는 것, 크고 무르며 수분이 많은 것은 음성이다. 반대로 춥고 서늘한 토지와 기후에서 자라는 것, 천천히 자라는 것, 작고 단단하며 수분이 적은 것은 양성이다.

음은 원심, 양은 구심, 가지광선의 일곱 가지 색의 자색 쪽이 음이며 적색 쪽이 양이다. 따라서 자외선은 음성, 적외선은 양성임을 알 수 있다.

현미는 음양의 중간에 위치한 주곡이다. 현미밥을 백 번씩 씹어먹고 깨소금 이외에는 반찬과 간식을 일절 배제한 마크로비오틱 7호식을 어려운 환자에게 권유해 본 결과, 철저하게 실천한 사람은 모두 소생하여 크게 감사하고 있다.

현미밥과 깨소금과 무말랭이나 단무지와 매실은 건강상 문제를 안고 있는 분에게 무조건 권하고 있는 마크로비오틱 기본식단이다. 위험부담과 용기가 필요한 단식요법보다 훨씬 더 용이하고 위력적이다. 구시 미찌오의 저서《마크로비오틱 건강법(바른 식사법)》도 번역 출판하였다.

오늘날 성행하고 있는 잘못된 식이요법을 바로잡고, 질병을 악화시키는 식단이 사라지길 소망한다.

21세기 식단은 어떻게 짜야 할까?

인간은 자연을 정복할 수 있다는 오만한 마음을 버려야 한다. 자연은 도전의 대상이 아니라 완벽한 생명의 원리를 배워야 할 경외로운 스승이다. 미크로든 마크로든 생태계의 훼손은 바로 인간의 자멸을 초래하는 길이다.

생명운동이 지구 곳곳에서 대두되어 대자연과의 조화를 강조하는 목소리가 21세기 메시지가 되어야 한다. 건강과 평화의 원리도 거기 있다. 무한한 우주 속에, 우주 질서의 현실적 증거로 태어나 살고 있는 우리 인간은 우주에서 많은 것들을 섭취하며 살고 있다. 사람은 자연으로부터 세 가지를 섭취한다.

첫째, 물과 생물의 생명을 먹는다. 둘째, 호흡기관과 피부 표면으로 지구를 둘러싸고 있는 대기를 먹는다. 셋째, 장파와 단파, 고주파에서 저주파에 이르는 모든 종류의 파동을 감각기관과 신체 전체로 먹는다. 촉각은 고체의, 미각은 액체의, 후각은 기체의 파동을, 시각은 빛의 파동을 포착한다. 파동은 인간의 보이지 않는 원 틀을 구성하는 기(氣)의 음식이다.

그래서 인간은 여러 곳에서 날아오는 방사선과 모든 파동을 감지하여 수신하기도 하고, 발신하기도 한다. 거기에는 여러 가지 우주선을 포함하여 수천억 광년에서 오는 파동도 있다. 인간은 이 파동을 신체의 표면으로 포착하여, 그 중 일부를 전자기파로 전환하여 몸의 경락을 통해 체내에 순환시킨다. 모든 것이 잠재의식 층의 자율신경에 의해서 이루어지고 있다.

이 전자파에 의해 몇 십 조나 되는 세포, 선, 기관 그리고 몸 전체가 충전되어 동적 활동이 가능해진다. 전기의 흐름이 두절되면 기절현상이 일어나 거기에 상응한 만큼의 생명활동이 불가능해진다.

음식과 공기(미네랄)를 물질적 음식이라고 말할 수 있고, 눈에 보이지 않는 모든 파동을 정신적 음식이라고 할 수 있다. 물질적 음식은 간헐적으로 섭취하지만 정신적 음식은 끊임없이 섭취하고 있다.

사람은 두 개의 몸을 가지고 있기 때문이다. 물질 차원의 육체와 정신 차원의 영체(靈體)가 바로 그것이다. 기를 중심으로 한 영체 연구의 동의 고서 가운데《영추소문(靈樞素問)》이란 의학 서적이 있는데 바로 영체를 뜻하는 말이다.

물질적 음식의 섭취량은 한정되지만 정신적 음식의 섭취량은 무한이다. 육체는 유한하지만 영체는 무한하기 때문이다. 육체는 시간과 공간의 제한을 받는 현상계의 짧은 목숨이지만 영체는 시공을 초월한 실재계의 영원한 목숨이기 때문이다.

대자연의 우주질서에 순응해야 인간의 생명이 온전해지는 이유가 여기에 있다. 빵보다 하느님의 말씀으로 살아야 한다고 강조한 그리스도의 복음이나, 공즉시색(空卽是色), 공중무색(空中無色)을 설파한 붓다의 법어는 같은 내용의 다른 표현일 뿐이다.

하지만 예수나 석가가 결코 빵(물질)을 무시하지 않았다는 점을 명심해야 한다. 무한한 우주 속에, 무한한 우주질서의 한 매듭으로 태어난 물질세상의 현실을, 다시없는 생명을 배우는 시간이 되어야 한다는 뜻이 담겨 있다.

물질적 음식과 정신적 음식은 질과 양 두 측면에서 서로 대립, 상호 보완관계에 있다. 물질적 음식을 섭취하면 정신적 음식은 그 섭취량이 적어지고 정신적 음식을 많이 섭취하면 물질적 음식의 섭취향이 적어진다.

동물성 식품을 많이 먹으면 정신적 음식 중, 단파(음) 흡수가 줄어들고 장파(양) 흡수가 늘어난다. 따라서 동물성 식품은 환경에 대한 지각을 제한하는 경향이 있어 무한한 시간과 공간에 대한 인식력과 감수성을 무디게 한다. 즉 정신보다 육체 중심의 생활이 된다.

식물성 식품을 많이 먹으면 단파 흡수가 늘어나고 장파

흡수가 줄어든다. 따라서 심리적·정신적 시야가 넓어져 물질계의 사소한 일에 대한 관심이 엷어져서 달관한 기분을 지닐 수 있다. 즉 육체보다 정신 중심의 생활이 된다.

우리는 물질적 음식과 정신적 음식을 다 같이 먹고 있는데 정신적 음식의 양과 지식은 직접 조절할 수가 없다. 그러나 물질적 음식의 섭취를 조절함으로써 간접적인 형태로 그것을 제어할 수가 있다. 우리가 매일 무엇을 먹느냐에 따라 우리의 심리나 정신의 질이 영향을 크게 받기 때문이다.

일상생활에서 육체, 정신, 심리활동의 조화를 유지하려면 우선 평소에 먹는 음식에 대한 올바른 질서를 유지시켜야 한다.

사람은 필요 이상으로 동물성 식품을 많이 먹으면 정신활동이 이기적·공격적으로 되는 경향이 있다. 반대로 다량의 과일과 채소류만 먹고 있는 사람은 주위로부터 자극에 배타적이고 방어적으로 되어버린다.

일반적으로 양성의 음식은 활발하고 공격적인 양성의 성질을 만들고, 음성의 음식은 방어적이고 자기중심적인 음성의 성질을 만든다. 전자는 사고방식을 유물적으로 하고 후자는 관념적으로 하는 경향이 있다. 그러므로 우리는 극단적인 양성식이나 음성식을 피하고, 중용의 균형을 취하도록 하는 것이 가장 정상적인 식사법이다.

우리는 물질적·정신적 환경을 포함한 모든 환경의 본질

로서 음식을 파악하고 음식을 우주의 정신적 표현으로 인식하며 동시에 그 물질적 가치로 인정해야 한다.

(1) 곡물 한 알 한 알, 채소 한 조각 한 조각에 혼이 깃 들여 있는 것으로 알고, 그 선택, 조리, 식사 어느 과정에서나 함부로 다루지 않는다.

(2) 무한한 우주에서 생겨난 음식에 대해 식전·식후에 진심으로 감사한다. 이때 우리 존재를 가능하게 해준 자연과 우주, 사회에 감사하고 재배·수송·가공을 거쳐 요리, 서비스에 이르기까지 식사를 위하여 일해 준 사람들에게 깊이 감사한다.

(3) 식사 중에는 자기가 이 음식을 먹을 자격이 있는지 어떤지 반성한다. 그리고 음식에서 생기는 육체적·정신적·활동력을 남을 위하여, 나아가 자연과 우주와의 조화를 위하여 쓰게 된다는 것을 명확히 의식하고 음식이 피와 살이 되도록 충분히 씹어 먹는다.

(4) 식사를 마칠 때는 친구나 가족과 함께 먹고 마신 것이, 혈액이 되고 육체가 되고 정신이 된다는 것을 인식하고, 함께 식사하는 동안에 같은 의식이 싹트고 자란다는 것을 명확하게 인식한다. 지구상에 살고 있는 모든 사람이 이 의식을 가지게 하는 데 힘쓰고 모든 사람을 지구촌의 한 가족으로 대한다.

(5) 식사에 제공된 것은 남겨서는 안 된다. 아예 먹을 만

큼만 차려야 한다. 식사가 끝나면 손수 식기를 씻고, 덕분에
기분 좋게 식사했다고 속으로 감사하고 가지런히 정돈한다.

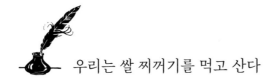 우리는 쌀 찌꺼기를 먹고 산다

"쌀밥을 먹으면 머리 나빠진다"는 말이 있다. 이것은 "백미를 먹으면 머리 나빠진다"로 바로 잡아야 한다. 백미(白米)라는 말은 글자 그대로 지게미 박(粕)자다. 알맹이가 빠져나간 찌꺼기라는 뜻이다. 벼의 껍질만 벗긴 것이 현미이고, 배아·종피·호분층을 모두 벗긴 것이 백미이니, 그 가치의 차이는 다이아몬드와 모래에 비유할 만하다.

백미가 뇌 활동에 도움을 주지 못하는 이유는 비타민 B가 부족하기 때문이다. 현미를 9분도 백미로 정백했을 때 상실되는 비타민 B 무리를 보충하려면(1식 기준) 계란으로 20개, 우유로 2리터, 쇠고기로 한 근 반, 김이면 20장, 시금치로는 무려 2.2kg 이상을 먹어야 한다.

B 무리 비타민은 세포호흡을 원활하게 하는 데 없어서는 안 될 대사물질이다. B_1·B_2·B_6 등 B 무리를 거의 모두 상실한 백미가 세포조직의 질식 상태를 불러일으키게 되는데, 그 장애는 뇌 부분에 가장 심하게 나타난다.

현미는 B 무리 비타민을 고스란히 간직하고 있을 뿐 아니라 직접적으로 뇌 활동을 촉진하는 성분이 풍부하다. 각종 효소와 미네랄이 곧 그것이다.

피의 흐름을 좋게 하고 적혈구의 산소 결합력을 강화하여 세포조직에 산소 공급을 원활하게 한다. 충분한 산소 공급이 있어야 비로소 뇌가 건전하게 작용한다. 뇌세포에게 현미는 최상급 주식이다. 따라서 신선하고 명석한 두뇌를 유지하려면 현미를 먹어야 한다.

현미의 강뇌 효과는 두뇌의 발달과정에 있는 유아나 성장기의 학생들에게 가장 현저하게 나타난다. 머리의 좋고 나쁜 것을 선천적인 것으로만 돌릴 일이 아니다. 부모의 머리가 둔해도 아이에게 현미를 먹이면 머리가 좋아진다. 가장 이상적인 이유식은 현미(7), 콩(2), 밤(1)의 혼합 미음죽이다. 혹 변비현상이 있을 경우에는 밤을 뺀다. 현미에 내포된 식물성 탄수화물, 미네랄, 효소 등이 양질의 뇌세포를 만들어 준다. 임신부가 현미식을 하면 당사자는 물론 태아에게 다이아몬드를 안겨주는 소득이 있다.

섬유질이 부족한 백미식은 변비를 유발하지만 섬유질이 풍부한 현미는 장의 연동력을 강화하여 변비를 해소한다. 변비는 만병의 원인이라고 하는 만큼 경계해야 할 증세다.

인체는 신이 만든 완벽한 컴퓨터다. 들어온 음식물을 스스로 소화시키고 영양분을 흡수하여 피와 살을 만들고 찌꺼기는 대소변과 땀으로 배설한다. 세균이 침범하면 눈도 코도 없는 백혈구란 단세포가 기어가서 덥석 물고 같이 죽는다. 이 기계가 고장 날 때가 있다. 소위 자율신경 실조증이다. 종합 진찰로써도 그 원인을 알 수 없는 환자에게 붙여지는 병명이다.

이 자율신경 실조증에 튜여하는 약이 일본에서 개발된 감마오렛이다. 이 약을 개발한 박사도 감마오렛을 먹기보다 현미밥을 먹는 것이 훨씬 더 효과적이고 합리적이라고 주장하고 있다. 왜냐하면 감마오렛은 현미 배아 속에 함유된 감마오리지널을 뽑아 만든 것이기 때문이다. 내가 환자들에게 현미에는 치료제가 들어 있다고 권장하는 이유가 여기 있다.

현미밥을 백 번 이상 씹어 먹기를 4개월간 계속하면 시력이 회복된다는 사실을 일본의 한 안과의사가 임상으로 증명해 보이고 있다. 물론 이 경우에 육류, 계란, 우유, 비린 생선, 설탕류 등은 금물이다. 돋보기를 쓰지 않고 바늘구멍이 보이는 내 시력은 30년 이상 먹어온 현미밥 덕택이 아닌가 싶다.

미국 필라델피아의 메토디스트 병원원장인 안토니 사틸라로(Anthony J. Sattilaro) 박사의 암 투병기를 읽어보면 소설만큼 재미있고 감동적이다. 제4기 전립선암이 두개골, 견갑골, 척추골, 흉골, 늑골까지 전이되어 몇 년을 살기 어렵다는 진단을 받은 그는 이 책 가운데 이렇게 적고 있다.

"결국 나는 죽음을 피할 수 있는 가능성이 있는 대체수단을 찾기 시작했다. 이미 20년 이상이나 의사로 살아온 나는 내 인생을 몽땅 바쳐온 현대의학의 세계를 벗어난 외계에서 해답을 구한다는 사실이 전율을 느낄 정도로 두려웠다. 그 해답을 구하는 여정에서 나는 참으로 뜻밖의 체험을 하게 되었다. 그 결과 건강을 되찾았을 뿐만 아니라 자신의 존재의 근원을 깨닫는 체험까지 하게 되었다."

사틸라로 박사가 말한 마크로비오틱 건강법의 체험이야말로 놀라운 것이 아닐 수 없다. 마크로비오틱 정식법의 주식은 두말 할 것도 없이 현미다. 이 현미의 우수성은《기적을 일으키는 식이요법》이라는 책의 내용에서도 나타난다.

현미의 위력을 받아들이지 않는 한, 현대인의 성인병과 난치병은 효과적으로 예방하고 치료하기 어렵다. 현미밥은 다소 거칠어 잘 씹어 먹어야 하는데, 그로 인해 식사시간이 길어져 과식을 피하게 되고, 침의 작용이 활발하여 비만을 방지하는 효과도 얻게 된다. 이는 현미가 갖는 영양적 가치만큼이나 현미식이 건강식이 되는 요소다.

농약을 많이 사용하는 요즘, 백미보다 덜 깎은 현미에 오염물질이 많이 남아 있다며 현미를 꺼리는 사람들도 간혹 있다. 하지만 그것은 현미가 가지고 있는 인체 유해물질의 분해 및 배출능력을 모르기 때문에 하는 말이다.

여러 가지 실험·연구를 통해 현미에는 각종 영양소와 함께 섬유질과 독을 제거하는 작용이 뛰어난 휘친산이라는 성분이 들어 있다는 것이 밝혀졌다. 그래서 농약의 독은 물론 몸 안의 다른 독소까지도 몸 밖으로 내보내는 힘이 있다.

현미밥을 먹은 아이는 두뇌가 명석해질 뿐만 아니라 정서도 안정·순화된다. 백미, 육식, 인스턴트 편이식을 한 아이는 정서도 불안정하고 이유 없는 반항을 한다.

도저히 불가능한 꿈같은 이야기가 되겠지만, 만일 국민의 모두 현미밥을 먹는다면 6개월 이내에 환자수와 국민보건비는 10분의 1 이하로 떨어질 것이고, 학교폭력, 사회범죄도 그만큼 줄어들 것이다.

성격이 질병을 만든다

일체유심조(一切唯心造)라는 말이 있다. 모든 것은 마음이 만들어낸다는 뜻이다. 삼라만상은 신의 마음이 창조한 것이고, 지상의 문화는 신의 대리인인 인간의 마음이 창조한 것이다.

우리의 운명과 건강도 예외가 아니다. 뿌리는 마음에 있다. 마음은 육안으로 볼 수 없는 것이니 답답하다. 하지만 그게 이승의 틀이다. 노력과 반성이라는 고귀한 시간을 얻어 영성은 클 수 있다.

모든 원인은 마음이 짓고 결과는 육체에 나타나니 우연은 없다. 필연뿐이다. 일념삼천(一念三千)이란 말처럼 우리의 생각은 순간적으로 삼천세계 어디라도 갈 수 있다. 이 생각들이 마음밭에 뿌리는 씨가 된다.

잡초 씨를 뿌리면 잡초가 돋아나고, 연꽃 씨를 뿌리면 연꽃이 핀다. 뿌린 씨는 싹트게 마련이다. 뿌린 씨의 열매는 뿌린 자가 거두어야 한다. 인과의 법칙이 그것이다.

원인이 없는 질병은 없다. 중풍, 당뇨, 암, 류머티스 등의 병마도 그 원인을 찾아보면 마음에 있다. 중풍에 걸리기 쉬운 타입의 사람은 자기를 늘 우위에 놓는 특권의식이 강하다. 이 특권의식이 통하지 않을 때 마음의 동요가 일어난다. 즉 화를 낸다. 그 화는 밖으로 표출될 때도 있고 마음속에 머물러 그대로 입력될 경우도 많다.

우리 주변에는 평소에 호인으로 소문난 사람들이 중풍이나 암에 희생되는 경우가 많다. 그러나 이때의 호인이라는 평가에는 문제가 있다. 대인관계가 좋다고 해서 그 사람의 내면생활, 즉 상념의 세계가 원만하다고는 볼 수 없는 경우가 많기 때문이다.

사람이 화를 내는 경우는 여러 가지다. 반대에 부딪쳤을 때, 인격을 모욕당했을 때, 누명을 썼을 때, 꾸중을 들었을 때 등 이루 헤아릴 수 없다. 하지만 한 가지 공통점이 있다.

사람이 화를 낼 때에는 그 대상이 한결같이 사람의 마음이라는 사실이다. 가령 통로에 놓인 상자에 걸려 넘어졌을 때 우리는 결코 상자를 상대로 화내지 않는다. "어떤 놈이 여기에 상자를 놔뒀어!" 하고 가상의 인물을 떠올리며 화를 낸다.

산이나 들에서 눈길에 넘어졌을 때에는 화늘 내지 않는다. 그러나 골목길에서 넘어졌을 때에는 상황이 다르다. "이 골목 주민들은 다들 게으름뱅이야. 눈도 치우지 않고" 하며 화를 낸다.

중풍형의 화는 특권의식에 손상을 입었을 때 일어나는 것이 특징이다. 특권의식이라고 하니 대단한 것처럼 들리지만 우리의 생활 주변에서 얼마든지 있는 일이다.

특권의식이란 자신을 무의식중에 남들보다 우위에 놓는 의식구조다. 가장으로서의 특권의식, 사장으로서의 특권의식, 부장·과장으로서의 특권의식, 학자·예술가로서의 우월감, 재벌·권력자로서의 특권의식, 가문의 우월감, 노래를 잘 부르고 바둑 잘 둔다는 우월감까지 모두 이 부류에 속한다.

이 특권의식, 우월감, 자기 과시의 마음이 중풍을 몰고 오는 위험수위까지 올라가느냐, 않느냐 하는 것은 이와 같은 특권의식이 통하지 않을 때 마음의 동요가 얼마나 일어나느냐 하는 그 정도에 달렸다.

자식이 부모의 말에 순종하는 것은 당연한 도리지만 부모가 그것을 강요해도 되지 않는 것이 마음의 본질이요, 마음의 법칙이니 어쩔 수 없다. 마음은 어디까지나 자유며 그 누구의 간섭도 받지 못하게 되어 있다. 전적으로 자율에 맡겨진 것이 인간의 마음이다.

부모에게 순종하고 안하고는 어디까지나 그 자식이 선택할 자율적 자유의 문제다. 부모로서는 자식을 보호, 선도하는 좋은 이해자가 되어야 하는 도리가 있다. 부모가 자식의 불효를 상대로 버럭 화를 내고 마음에 파도를 일으키는 것과 자식의 불효를 꾸짖어 깨우치게 하고 효도로 인도하려는 사랑의 말과 행동과의 사이에는 큰 차이가 있다. 화를 내는 것은 이기적인 자기중심의 감정이요, 꾸짖는 것은 이타적인 사랑의 행동이다.

중풍·고혈압·동맥경화·협심증·심근경색·암 등 모든 질병이 산소 부족에서 온다고 말한 일본의 발명왕 노구치 박사는 말년에 '먹는 산소'를 찾다가 뜻을 이루지 못했지만 모든 만병은 콜레스테롤·일산화탄소 등으로 혼탁해진 피가 원인이다.

피를 탁하게 하는 것은 육류 등의 산성 음식물 때문이라고 하지만 마음의 독이 치명적이라는 사실에 눈떠야 한다. 불교에서는 마음의 세 가지 독으로 탐(貪) 욕심, 진(瞋) 성냄, 치(癡) 불평불만, 오만을 들어 경고하고 있다.

자식이든 부하직원이든 그들은 하나같이 독립된 인격체다. 나의 예속물도 소유물도 아니다. 육체적으로는 부자지간이라는 혈육관계가 있지만 정신적으로는 각자 마음의 수양, 영혼의 연마에 정진하고 있는 대등한 신의 분신이요, 동기생이요, 우주의식의 분자들이다.

오히려 자식이나 부하의 영혼이 더 고차원일 수도 있다. 각자 독립된 인격체인 자식이나 부하를 자신에게 예속, 굴복시키려는 기대는 처음부터 무리이며 헌신적으로 자신에게 따라오는 것이 당연하다는 사고방식은 마음의 세계, 마음의 실상을 모르는 어리석은 치(癡)에서 발생하는 횡포요, 오만이요, 인격 유린이다.

우월감은 자기가 위에 있고 상대가 밑에 있다는 전제가 깔려 있기 때문에 형평의 원리, 조화의 진리에서 크게 벗어난다. 특권의식, 우월감, 자기 과시욕 등은 인간의 심성인 중도에서 가장 멀어진 위험한 의식구조가 틀림없다.

인간은 원래 혼자서는 존재할 수 없다. 자연환경, 가정, 대인관계, 교통, 통신, 상호 의존과 조화 속에서 비로소 자신의 존명이 가능하다. 남보다 내가 우위에 있다는 생각을 남보다 하위에 있으며, 늘 신세지고 은혜를 입고 있다는 겸손과 감사의 의식구조로 하루 빨리 바꾸어야 한다.

예수도 부처도 마음의 최고 미덕은 겸손과 감사라고 말했다. 마음이 겸손과 감사로 충만할 때 그의 영체는 신의 빛으로 채워질 수 있고, 그 광자는 모든 질병의 그림자를 추방하는 기적의 힘을 발휘할 것이다.

- 기요미즈 게이지로의 저서《마음의 진찰실》중에서 인용

물을 보호하고 감사하는 마음으로 마실 때

우리의 건강은 절반 이상 약속 받은 것이나 다름없다.

제8장

건강은 가장 큰
행복이다

 물을 많이 마셔라

영국 속담에 "과부가 안 되려면 남편에게 '물을 많이 먹여라"라는 말이 있다. 사실 물을 자주 마시는 사람은 대체로 건강하고 병원 출입도 드문 것 같다.

장수를 누리는 비결이 맑은 공기와 깨끗한 물에 있다는 것은 지구상의 이름난 장수촌을 보면 금방 알 수가 있다. 소련의 카프카스 지역의 그루지야공화국에 사는 시라리 가족의 예를 살펴보자.

168세에 죽은 시라리 루스리모프는 그 가족 중에 가장 오래 산 사람이었다. 그의 아우 한 사람은 134세까지 살았다. 또 다른 아우는 106세까지 살았다. 그의 아버지는 120세, 어머니는 110세까지 살았다. 시라리 루스리모프는 아내를 두 번 잃었고, 세 번 결혼했다.

아들이 9명, 딸이 14명, 모두 23명의 자녀를 거느렸는데 손자와 증손자를 합하면 무려 160여 명에 이른다. 시라리는 늘 명랑하였고 죽는 순간까지 모든 육체적 능력을 보유하고 있었다.

자신이 장수할 수 있었던 가장 큰 이유는 맑은 공기와 깨끗한 물 덕택이라고 말했다. 그는 죽을 때까지 식욕이 왕성했지만 결코 과식하는 일이 없었다. 그리고 채식과 규칙적인 생활을 즐겼다.

해가 뜨면 일어났고, 해가 지면 잠자리에 드는 자연의 리듬에 순응했다. 그것이 그의 자랑이었다. 삶의 후반기에는 의사들의 정기적인 검진을 받았는데 혈압이며 건강상태는 죽을 때까지 60대의 남자와 똑같았다고 의사들은 말했다.

세계 제일의 장수국임을 자랑하는 히말라야 산록 네팔 고원에 사는 훈 가족들도 자신들의 장수 원인을 첫째로 오염되지 않은 물과 공기였다고 말한다. 해발 2천미터 이상의 산에서 흘러나오는 물은 맑고, 칼슘·철·동·불소 등의 미네랄도 풍부하다.

남미 고원지대 거주민 비루가반바인들도 빛나는 태양, 투명한 하늘, 맑은공기, 깨끗한 물, 채식을 위주로 한 저칼로리의 식생활을 그들의 장수요인으로 꼽고 있다.

공자도 "채소를 먹고 물을 마시고 팔베개를 베는 생활 가운데 즐거움이 있다"고 무욕무애의 건강비결을 일러주고 있다. 세계보건기구에서도 인류 질병의 80% 이상이 마시는 물과 관련이 있다고 강조하고 1955년에 이미 "깨끗한 물이 건강을 만든다"는 표어을 걸고 물 보호에 앞장서고 있다. 언젠가 일간신문에 〈물의 신비〉라는 기획물이 연재되어 국민의 물에 대한 인식을 새롭게 각성시켜주었다.

병원을 찾는 환자들을 조사해 보면 이상하리만큼 물을 적게 마시거나 물에 대해서 무관심한 경우가 많다. 물에 무관심한 것은 환자를 돌보고 있는 의료인 측도 마찬가지다. 질병 치료와 병행해서 음식물의 식단을 짜주어야 하고 식단에 앞서 좋은 물을 올바르게 마시게 인도해야 할 입장에 있는 병원 측이, 이 방면엔 거의 무신경인 것이 놀라울 따름이다.

지구가 담고 있는 물의 분량은 71%이고 인체에서 물이 차지하고 있는 비율도 71%이다. 물은 만물의 시작이다. 성경의 〈창세기〉도 마찬가지지만 동양철학에서는 일육수(一六水)라 하여 물을 첫머리에 놓고 있다.

물건의 성질을 구분 짓고 있는 음외전자의 수가 수소인 경우 1이며 물의 성수(成水) 6인 것이 전 박사의 육각수론과 일치하고 있는 것은 결코 우연이 아니다.

물은 신체 내에서 세포를 구성하는 세포 내액과 세포 외액으로서 생명 유지와 활동에 가장 중요한 정보 전달의 역할을 하고 있다. 우리 몸은 물질 에너지원으로 음식을 섭취하는 한편, 그 대사 작용에 의해 생겨난 노폐물을 재빨리 배출해야 한다. 이 섭취와 배출을 묵묵히 수행하고 있는 것이 임파와 혈액인데, 이 임파와 혈액의 주성분이 바로 물이다.

물을 한낱 광물질로 보면 큰 오산이다. 물에는 마음이 있고 의식이 있으며 기억력도 있다. 물은 창조주의 뜻을 담고 있는 창조주의 분신이다. 우리 생체 내부에서 일사불란하게 전개되고 있는 정교하고 다양한 생리기능은 바로 신이 부리는 신업(神業)의 힘이라고 할 수 있다.

물 앞에서 경건하고 물에 감사하며 물을 보호하고 물을 잘 마실 줄 알 때, 우리의 건강은 이미 절반 이상 약속받은 것이나 다름없다.

조 박사의 핵 자기공명 단층촬영장치보다는 소규모지만 자기공명분석기(MRA)라는 기계가 있다. 신체 내의 최소단위의 원자세계에서 발생하는 미세한 자장(磁場)의 파장을 측정함으로써 세포의 이상 유무를 알아내는 일종의 진찰기다.

방사선을 쏘일 위험부담도 없고 내시경이 주는 고통도 없으며, 손바닥에서 인체 내를 구석구석까지 살펴볼 수 있는 기계에 매료되어 필자는 일본에 다녀온 적이 있다. 이 기계는 비단 인체의 진단뿐만 아니라 물질의 성질도 판별하는 능력이 있다. 그래서 서울의 수돗물 및 안산의 수돗물 및 근교의 지하생수, 경주의 수돗물 등 비교적 필자와 인연이 있는 물을 테스트해 보았다.

그런데 결과는 실망이었다. 우리가 마시고 있는 물의 오염도는 우려할 만한 수치를 이미 넘어서고 있었다. 중금속, 심지어는 수은의 파장까지 판독되는 것이 있었다. 그곳 일본 도쿄의 수돗물도 마찬가지였다. 하지만 낙담할 필요는 없다. 오염된 물을 정화시키는 값싸고 훌륭한 차(茶)가 우리 주변에는 있다. 결명자차가 그것이다.

필자의 가족은 30여 년 간 결명자차를 마셔왔고, 또한 둘레에 권장해 오고 있다. 이 결명자로 끓인 물은 어지간한 중금속은 다 중화한다는 사실을 알았다. 그리고 끓인 결명자차는 일단 냉장고에 넣어 차게 해서 마시는 것이 요령이다. 전박사가 주장하는 육각수의 구조물을 만들기 위해서다. 물의 완벽한 활동은 육각형의 고리 모양이라야 기대할 수 있기 때문이다.

6이라는 수는 생명의 원리와 관계되는 숫자인데 눈(雪)의 결정체가 6각형이고, 동물의 세포도 6의 요소로 성립된다. 인간의 영혼세계도 여섯 사람이 한 그룹을 이루고 윤회하고 있다. 육체의 형제와는 달리 영혼의 형제는 누구든 여섯인데, 그 구성은 본체 1, 분신 5이다.

아무튼 수돗물이나 의심이 가는 생수는 일단 결명자를 넣고 끓여서 마시는 것이 상책이다. 거기에 복은 현미 2~30%를 섞으면 가장 이상적이다. 한 가지 덧붙여 알려둘 것은 결명자의 성이 냉성이기 때문에 보리 볶듯 약간 볶아서 쓰는 것이 좋다.

찬물을 꿀꺽꿀꺽 삼키는 것은 올바른 물 마시는 방법이 아니다. 입 안에 품고 어느 정도 체온과 가까운 온도로 올린 다음 한 모금씩 정성스럽게 마시는 것이 좋다. 냉수도 씹어 먹으라는 교훈이 있지 않은가? 육각이 파괴되지 않는가 하고 염려할 필요는 없다. 물에는 기억력이 있어서 체내에서 다시 육각의 구조물로 형성된다는 것이 전 박사의 이론이다.

물은 중요한 건강법 가운데 하나로서 필자는 하루에 어김없이 한 되 가까운 물을 마시고 있다. 그리고 그 양의 절반 이상은 아침에 일어나서 아침식사를 하기 전에 마시고 있다. 좋은 물을 많이 마실수록 몸속은 깨끗하게 청소된다.

일본의 물 박사 가와바탄은 다음과 같이 강조하고 있다.

1. 잠자리에서 일어나자마자 한 잔의 물
2. 단 것이 먹고 싶을 때 한 잔의 물
3. 매운 것이 생각날 때 한 잔의 물
4. 맛있는 요리가 생각날 때 한 잔의 물
5. 입이 심심할 때 한 잔의 물
6. 담배 피우고 싶을 때 한 잔의 물
7. 술 마시고 싶을 때 한 잔의 물
8. 마음속에 불평이나 화가 날 때 한 잔의 물을 마셔라.

물의 담백한 진미를 알았을 때 우리는 맛의 오묘한 경지에 들 수가 있다. 그 경지에 이르면 기름기, 단 것, 자극적인 것이 모두 싫어지고 과식을 멀리하게 된다. 슈미트 박사는 물을 활용한 닷새 동안의 금연법을 제시하여 큰 성공을 거두었다.

좋은 물을 많이 마시자. 일본의 초등학교 학생들에게 "목이 마를 때 무엇을 마시는가?"라는 앙케이트를 돌렸더니 응답자의 겨우 7%만이 물이라고 대답하였다.

물은 오염되고 건강을 야금야금 좀먹는 음료수가 범람하고 있는 현실은, 결코 남의 나라 이야기가 아니다. 모기가 득실거리는 하천을 깨끗하게 가꾸어야 하는 시급한 사회문제 못지않게, 우리 몸속의 노폐물과 공해를 씻어내는 작업도 당장 절박한 일이다.

 자연식은 왜 좋은가?

인간의 본성은 마음이고, 그 영원한 생명체인 마음이 일시적인 육체라는 옷을 입고 있는 것이 오늘날 우리들의 존재다. 마음은 신의 정기인 정신이라는 고차원의 에너지를 필요로 하고 육체는 공기, 물, 먹거리 등 3차원의 에너지를 필요로 하고 있다는 것은 이미 말했다.

공기와 물은 광물질로서 먹거리에 앞서 우리의 육체 유지에 한순간도 없어서는 안 될 에너지라는 것도 간략하게 밝혔다. 호흡과 건강, 물과 건강은 각각 단행본으로 따로 써내야 할 만큼 그 내용이 많고 먹거리에 대해서도 몇 권의 전집으로도 모자랄 만큼 내용과 문제점들이 방대하다.

GNP가 올라가면서 그에 비례하여 국민들의 먹거리 문화에 대한 상식도 풍부하리라는 생각으로 굳이 이런 토를 달 필요가 있겠는가 싶지만 현실은 그렇지 않다.

과소비 풍조, 쓰레기 처리문제 등 국민의 의식개혁이 그 어느 때보다도 강하게 요구되는 오늘날, 무엇보다 강조하고 싶은 것이 먹거리 문화의 정착이 아닐까 싶다.

환경부의 통계에 의하면 우리나라에서 입도 대지 않은 체 버려지는 식당 음식 찌꺼기가 하루 평균 2만 3천 톤. 돈으로 환산하면 연간 8조 원에 이른다고 한다. 먹거리의 낭비는 먹지도 않고 버려지는 음식점 찌꺼기에만 국한되는 것이 아니라 "잘 먹고 많이 먹어야 건강해진다"는 무식한 말만 믿고, 비싼 고칼로리 음식을 먹어대기 때문이다.

병원을 찾는 환자들의 대부분이 예상 외로 먹거리에 대한 상식이 빈약하거나 잘못된 상식으로 굳어져 있다. 놀라운 일이다. 먹거리에 대한 무관심과 무식은 환자를 다루는 병원 측도 마찬가지다. 병원에 입원한 분들을 찾아갔다가 병원 음식을 보고 놀랄 때가 많다. 질병 치료에 도움을 주는 식단은 못 차릴망정 질병에 나쁜 영향을 끼치는 음식이 태연스럽게 나오고 있기 때문이다.

원래 인간도 자연계의 일부분인 이상 자연계를 지배하는 법칙에서 벗어날 수 없다. 따라서 인공에 의한 먹거리의 제조나 조리는 보건상 큰 결함을 드러냈으며, 반자연의 문화생활과 더불어 인간은 점점 허약하게 되어 여러 가지 새로운 형태의 질병들을 불러일으켰다.

약해지거나 병이 나면 자연은 식욕부진이란 비상조치로써 건강회복을 꾀하고 있는데, 인간의 그릇된 지식은 먹지 않으면 약해진다는 쪽으로 착용하여 어떻게 해서라도 잘 먹으려고 궁리한다.

몸에 이상이 있으면 필요한 시간만큼 굶음으로써 거뜬히 건강을 회복하는 짐승들은 모두가 자연법칙을 잘 지키고 있는 투철한 준법자들이다.

자연생식의 이점을 보여주는 특이한 실험이 일본 규수(九州) 의과대학에서 있었다. 생후 4개월의 영아를 둔 부부를 대상으로 3개월 동안 화기를 전혀 쓰지 않은 순생식만을 급식하였다. 이때 영아 엄마의 영양 섭취량은 하루 900~1000칼로리로 영아에게 빨리는 젖의 열량 600~650칼로리를 빼고 나면 겨우 350~400칼로리밖에 되지 않았다. 그런데 이 저열량의 섭취로써도 그녀는 3개월 동안이나 완전한 건강을 유지했다.

성인여자의 하루 소요열량 2100칼로리의 5~6분의 1로써도 충분한 건강생활을 유지할 수 있다는 것이 실증되어 영양학계에 큰 충격을 던져주었다. 어떻게 이런 결과가 나올 수 있었을까. 익히지 않은 급식물의 영양소는 전혀 파괴되지 않기 때문이다. 따라서 생식의 섭취량은 적어도 문제가 되지 않는다.

자연식 생식을 하면 세포에 활력이 주어지고 혈관 임파액은 정화되므로 세균이 끓지 않는다. 따라서 멸균에 필요한 체온은 필요도 없다. 순생식을 2주간 계속하면 기생충은 모두 빠져나가게 되므로 기생충에 빼앗길 영양분도 불필요하게 된다. 생식의 영양분은 소화 흡수가 용이하므로 모든 내장의 활동부담도 경감된다.

이밖에도 여러 가지 자연생식의 효능을 들 수 있지만, 결국은 이런 것들이 종합되어 보통 성인 1일 2500칼로리의 필요량이 불과 5분의 1인 500칼로리 정도로써도 충분하다는 논리가 성립된다.

나는 한동안 신선이 되겠다는 엉뚱한 집착에 사로잡혀 내로라하는 선인과 도인을 찾아 헤맨 적이 있었다. 그때 계룡산 속에 사는 김OO 씨의 한 도인을 만났는데 그의 먹거리는 일반인의 상식을 완전히 뒤엎는 선식(仙食)이었다.

불로 익히고 조리할 일이 없으니까 집에서 가마솥이나 냄비는 찾아볼 수 없다. 온갖 열매와 약초 등을 지하에 묻어 발효시킨 것이 주식이었고 부식은 독특하게 담근 김치였다. 한 숟가락의 주식과 한 공기의 김치가 그의 한 끼 식사의 전부였다. 그런데 놀랍게도 이 식사법은 당시 초등학교 6학년이던 그의 딸에게도 예외 없이 적용되는 것이었다. 그럼에도 그와 그의 가족들은 한결같이 무병하였고 체력은 뛰어났다.

이처럼 잘 먹고 많이 먹어야 건강해진다는 사고방식은 고쳐야 한다. 채식보다 육식을 선호하는 식성도 크게 잘못 되었다. 우리 동양인은 서양인보다 체구는 작지만 창자 길이는 1미터나 더 길다. 이것은 동양인은 초식동물에 속하고 서양인은 육식동물에 해당한다는 뜻이다.

소, 사슴, 토끼 등과 같은 초식동물 편에 속한 동양인의 성격은 그 이름에 걸맞게 온순하고 평화적이며 정적이고, 종교적이며 전체적인 조화를 으뜸으로 삼는다. 한편 사자, 호랑이, 이리 등과 같은 육식동물 쪽에 비유되는 서양인의 성격은 사납고 전투적이며, 동적이고 과학적이며, 세부적인 분석을 좋아한다.

창자가 긴 우리들의 먹거리는 마땅히 섬유질이 풍부한 채소가 주가 되어야 하며, 그것도 익히지 않고 날로 먹음이 좋다는 이유는 앞에서 말한 바와 같다. 하지만 냉 체질일 때는 야채를 익히거나 데쳐서 먹어야 한다. 싱싱한 채소를 많이 섭취해야 배변이 쉽고, 만병의 원인이 되는 가스도 체내에 차지 않게 된다.

형무소 죄수들의 주식은 보리쌀과 콩이고 부식은 콩나물과 된장국이다. 누가 죄수들의 식단을 이렇게 짰는지 그 지혜가 놀랍다. 이로써 죄수들의 건강은 유지될 수 있다. 만일 그들에게 9분도 백미와 쇠고기를 급식한다면 조만간 성인병 환자가 속출하게 될 것이다.

2차대던 때 필리핀 소재 연합군 포로수용소에서 있었던 실화가 있다. 제네바 협정에 따라 연합군 포로들은 흰 쌀밥에다 쇠고기라는, 당시 정상으로는 파격적으로 후한 대접을 받았다. 그런데 종전이 되고 보니 그들 포로들의 대부분이 고혈압, 당뇨병 등의 성인병에 시달리고 있었다. 놀란 사령부에서 진상을 조사해 본 결과, 주범은 일본군부의 포로 학대가 아니라 포로 우대의 흰 쌀밥과 쇠고기에 있었다.

콩은 밭의 쇠고기이고 보리는 겨울을 이겨내는 모질고 끈질긴 생명력을 지녔다. 과학의 매스로써는 도저히 밝혀낼 수 없는 자연의 신비한 에너지의 한 단편이다.

건강한 식사법 6가지

　육식보다 채식이 더 유익하다는 것은 이미 잘 알려진 사실이지만 외식이 잦은 현대인의 생활조건은 육식을 강요받는다. 육식은 피를 혼탁하게 하는 요인이 많지만 육식을 많이 먹는 중국 사람에게 고혈압·중풍·당뇨·암 등의 성인병이 훨씬 적은 이유는 무엇인가?

　우리는 유구한 전통을 자랑하는 중국인의 식생활 지혜에 눈을 뜰 필요성이 있다. 그 지혜는 첫째 육식 못지않은 다량의 채소를 먹고 있다. 둘째 육류의 지방질을 제거하는 요리법이 다양하다. 셋째 식사시간은 오래 잡고 잘 씹어 먹고 있다. 넷째 중국인의 기질이 만만디여서 좀처럼 스트레스를 받지 않고 산다는 점이다.

　아침식사 폐지론을 주장하는 일본의 니시 가쓰조 박사의 식사법에서, 저녁식사 기피론을 앞세우는 중국의사 장숙기의 아침 3, 점심 2, 저녁 1의 식사법에 이르기까지 그동안 다양하게 검토해 본 결과, 나는 정상인의 일상생활에 맞는 가장 올바른 식사법을 다음과 같이 나름대로 정립하여 권장하고 있다.

첫째, 골고루 먹어라. 주식은 현미 5+보리쌀·콩 등 잡곡 5로 하고, 부식물은 야채 3, 해초류 3, 육류·생선류 3, 과실 1의 비율로 골고루 섭취할 것. 현미를 주식으로 앞세운 데에는 상당한 근거가 있다는 것을 나는 이미 밝혔다. 현미밥 한 그릇은 쌀밥 한 그릇에 쇠고기 한 근, 계란 20개, 김 40장을 합친 것만큼의 대사 에너지가 함유되어 있다는 사실을 알아야 한다.

일본의 한 안과의사는 현미밥과 채식·해초류의 식단을 짜주고 한 숟가락을 100번씩 씹어 먹게 함과 동시에 1주일에 하루는 단식시킴으로써 시력 환자를 치료하기도 했다.

둘째, 완전하게 먹어라. 뿌리뿐만 아니라 줄기와 잎사귀까지, 몸통뿐만 아니라 머리·꼬리·창자까지(멸치) 몽땅 먹어야 인체에 필요한 영양소를 완전히 섭취할 수 있다.

명지대학 이양희 교수가 연구 고안한 CF(Grain Domin and Whole Food) 식사법이 여기에 속하는데, 현미·콩·과일 등의 껍질·씨를 그대로 먹는다는 것이다.

셋째, 적게 먹어라. 팔분식(八分食)이면 의사가 필요 없다는 격언이 있듯이 두 숟가락 더 먹고 싶을 때 밥상에서 물러나야 한다. 과식의 폐단은 열거하자면 끝이 없고 일반적인 상식에 속하므로 생략한다. 한 가지 꼭 더하고 싶은 말은 우리가 아끼는 절식은 굶주림으로 고통받는 이를 위한 간접적인 보시행이 된다는 사실이다.

넷째, 밤에는 먹지 마라. '아침은 임금님처럼 먹고 점심은 신하처럼 먹을 것이며, 저녁은 거지처럼 먹으라'는 중국 속담이 있다. 아침과 낮은 봄·여름에 비유되는 성장활동기이니 음식물도 곧잘 소화분해 발산되어 체내에 가스가 침체되는 일이 적지만, 저녁이나 특히 밤늦게 과식하는 것은 치명적이다. '야식은 수명을 단축시킨다'는 영국 속담이 있다. 속담이 아니더라도 폭음폭식하고 잠자다가 밤사이에 저 세상으로 간 사람을 주변에서 목격할 때가 있다.

야식의 가장 큰 폐단은 먹은 음식물이 뿜어내는 가스 독에 있다. 위와 장 안의 가스가 팽창하여 심장마비를 일으키기도 하고, 아침에 일어나도 머리가 맑지 못하고 어깨며 몸 구석구석이 찌뿌둥한 것은 모두 가스 탓이다. 오전에 3, 오후에 2 정도의 비율로 하루 두 번의 식사가 이상적인 식사법이다. 저녁은 해가 지기 전에 섬유질이 풍부한 야채로 간단하게 끝내는 것이 바람직하다.

다섯째, 잘 씹어 먹어라. 음식물이 스트레이트로 위에 들어가지 않고 반드시 입을 거쳐야 하는 이유를 알아차릴 때, 우리는 입 안에 든 음식물을, 비록 그것이 액체라 하더라도 함부로 꿀꺽꿀꺽 넘기지 못하게 된다. 오래 씹어야 한다. 타액이 충분히 분비되어 죽이 되고 물이 될 때까지 씹는 것이 가장 이상적이다.

침을 한방에서 진액이라고 하고 선도(仙道)에서는 침을 삼키는 연진법을 중요한 신체단련법의 하나로 꼽고 있다. 살균력에 해독력이 강하여 독충에 물린 데 바르면 해독이 되고, 피부질환에 바르면 낫고 수은(水銀)을 갤 수 있는 것도 침뿐이다.

오래, 잘 씹어 먹는 식사법은 이와 같은 타액의 공급을 많이 얻어내는 효과뿐만 아니라 먹거리 속에 있는 공기를 완전히 제거함으로써 체내에 가스가 생기지 않게 하는 효과도 있다. 나아가 씹는 동작으로 뇌신경의 활동을 촉진하는 삼중의 득까지 본다.

여섯째, 감사하는 마음으로 먹어라. 우리가 섭취하는 먹거리는 곰곰이 생각해 보면 이루 말할 수 없는 많은 은혜의 소산이라는 것을 알게 된다. 태양·대지·공기·물 등의 자연의 힘과 농부·어부들의 현장의 땀은 물론이요, 부모님을 위시한 수많은 사람들의 협력으로 이루어진 것이 밥상이다. 밥상머리에서 경건하게 기도를 올리고 있는 불자나 교인들의 자세 이상으로 아름다운 모습은 없다. 음식에도 마음이 있다. 인간이 신의 분신이듯 먹거리도 신의 분신임을 명심해야 한다. 감사하면서 먹는 음식은 약이 되고, 불평하면서 먹는 음식은 독이 된다. 왜냐하면 감사하면 감사의 파장을, 불평하면 불평의 파장을 되받게 되어 있는 것이 마음의 법칙 가운데 하나이기 때문이다.

음식으로 못 고친 병은 의사도 못 고친다

몇 해 전의 일이다. 공교롭게도 두 친구가 거의 같은 무렵에 비슷한 암에 걸렸다. 한 친구는 중학교 동기인 C이고, 또 한 친구는 내가 사회에 진출한 후에 만나서 가깝게 지내고 있는 K이다. 그들이 입원한 병실을 각각 찾아가서 내 특유의 십팔번인 현미와 채식론을 늘어놓으면서 희망과 용기를 갖도록 격려와 위로를 해주었다.

암 같은 난치병을 위시하여 작은 감기 몸살에 이르기까지 우리가 질병을 치료하거나 예방하는 데는 무엇보다도 식이요법이 우선이다. 특히 암, 고혈압, 중풍, 당뇨 등의 성인병은 피가 혼탁해서 생기는 채질병이므로 육류 같은 산성 음식물은 피해야 할 금기 식품 중의 하나다.

그럼에도 불구하고 이 두 친구가 입원하고 있던 J대학 병원, S대학 병원에서는 암을 이기기 위해서는 강한 체력이 요구되기 때문에 무슨 음식이든지 많이 먹어야 한다고 말했다. 그리스 의사로 성인의 경지로 존경받는 히포크라테스는 2300여 년 전에 이미 이런 말을 했다.

"음식을 당신의 의사나 약으로 삼으시오. 음식물로 고치지 못하는 병은 의사도 고치지 못하는 것이오."

히포크라테스의 동상을 교정에 세워놓고 그의 정신을 기리고 있는 의과대학 출신이 환자의 음식물에 대해 취하는 무성의하고 무책임한 태도는 마땅히 지적받아야 할 사안이 아닐 수 없다.

1975년부터 77년까지 약 3년 동안 미국 의회 상원에서는 '영양·의료문제 특별위원회'라는 것을 구성하여 미국뿐만 아니라 세계 각국의 식품과 질병에 대한 연구를 연대별로 추적조사해서 상호 비교·검토했다.

미국의 총인구 약 2억 중에서 심장병 사망자가 연간 70만 명, 암 사망자가 약 40만 명, 고혈압 환자가 약 2천만 명, 당뇨병 환자가 약 3천만 명이었다.

이런 심각성 때문에 이 영양·의료문제 특위는 조지 메거번, 찰스 퍼시, 에드워드 케네디 등의 최고 거물급으로 구성되었다. 전 세계 최고의 연구기관인 미국 보건복지원, 농무성 산하의 국립암연구소, 국민심장폐혈관연구소, 국립영양연구소, 영국 왕립의학조사회의 등에서 내로라하는 권위 있는 학자들이 총동원되어 중요한 증언과 자료를 제공했다. 그 보고서는 무려 5천 쪽에 이르는 방대한 것으로서 미 국회 사상 유례가 없는 일이었다. 그 방대한 내용의 결론을 요약하면 다음과 같다.

현대인의 문명병(저혈당증, 신장병, 암, 중풍, 당뇨, 간경화, 치질, 맹장염, 담석)의 모든 원인은 그릇된 식사관행 때문이다. 성인병의 예방과 치료를 위해서는 이런 병들이 흔하지 않았던 19세기 초반 이전의 식사관습으로 되돌아가야 한다.

첫째, 곡물은 정제하지 않은 통밀·현미·현맥을 먹을 것. 둘째, 콩 종류를 많이 먹을 것. 셋째, 채식을 많이 할 것. 이처럼 중요한 보고서가 일반에게 알려지지 않았던 이유는 가공식품의 생산·판매업자, 육류의 생산·판매업자들이 너무나 많아서(미국 인구의 3분의 2) 경제 질서에 큰 혼란을 불러일으킬 소지가 있었기 때문이었다.

이미 말했지만 나는, 나를 찾아오는 환자에 대해서는 나의 십팔번인 현미·채식 위주인 하루 두 끼니 주의와 자연식을 권한다.

우리가 어릴 때는 고혈압, 중풍, 당뇨, 암 같은 환자는 보기 드물었다. 결핵이나 전염병 등으로 희생되는 사망자가 많아서 자연 평균수명이 낮아질 수밖에 없었고, 오늘날 같은 성인병은 여간 드문 일이 아니었다. 식생활의 주식인 곡류도 도정기술이 발달되지 않은 연자방아, 디딜방아 등을 거쳐 나온 통밀, 현미, 현맥일 수밖에 없었다. 그리고 육류는 명절과 제사 때나 맛볼 수 있는 얼마나 귀한 먹거리였던가.

앞서 암에 걸렸다던 친구 K는 내 십팔번의 충고를 진지하게 받아들여 그야말로 열심히 실천하였을 뿐만 아니라, 그 방면에 관한 서적을 수십 권이나 숙독해서 지금은 나보다 훨씬 앞선 풍부한 전문지식의 소유자가 되었다. 암 3기로 절망적인 진단을 받았던 그의 암이 일 년 동안의 체질개선으로 완치되었음은 물론이다.

그는 S대병원의 주치의로부터 몸 구석 어디에서도 암 그림자조차 찾아볼 수 없는 100% 완치라는 판정을 받았다. 그래서 우리는 좋은 한식집에서 자축회식을 함께하는 기쁨을 누렸다. 그가 읽은 수십 권의 책 가운데 안현필 씨의 〈공해시대 건강법〉이 있었다. 한때 영어학원으로 이름을 날렸던 그분이 자신의 건강을 재건한 현미·채식론을 평소 내가 역설했던 것보다 훨씬 더 구체적이고 재미있게 적혀 있었다.

K의 완치와는 정반대로 불행하게도 친구 C는 반 년 만에 타계하고 말았다. 중학교 때부터 맺은 인연으로 서로 상대를 너무나 잘 아는 사이인데도 불구하고 C의 귀는, 고작 만학으로 시작했으며, 한낱 물리치료사에 지나지 않은 나의 충고보다는 주치의인 박사의 말을 더 비중 있게 들었던 것이다.

천명이라고 한다면 천하 없는 명의인 편작도 손들 일이지만, 그래도 그의 죽음은 좀 일렀다. 현미·채색 등의 자연식과 순리에 따른 〈자연치유능력 개발요법〉으로 K처럼 소생하여 이승의 우정을 좀더 오래 누렸더라면 하는 아쉬움을 지울 수가 없다.

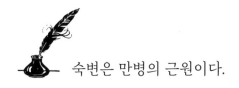 숙변은 만병의 근원이다.

  나를 찾아오는 환자의 상당수가 목과 어깨가 고장 난 사람들이다. 잠을 잘못 잤는지 일어나니 목이 돌아가지 않는다고 호소하면서 마네킹처럼 뻣뻣해진 목을 간신히 베개 위에 눕히는 환자가 있는가 하면, 심한 경우에는 어깨가 석고처럼 굳어져서 팔이 올라가지 않고, 숟가락질도 못한다고 울상을 하고 달려온 사람들이 많다.

  그들은 한결같이 이곳저곳 돌아다니면서 온갖 진료를 받아 보았지만 낫질 않는다고 불평하는 사람들이었다. 잠을 잘못 자서 목이 뻣뻣해졌다고 호소하는 환자거나, 흔히 말하는 50견(肩) 환자거나 또는 목뼈 추간판이 이탈한 소위 목 디스크 환자들은 외상에서 온 것이 아니라면 위나 장 특히 대장에 축적된 가스가 주범이라는 사실을 아는 사람은 별로 없다.

  대장 벽에 정체된 숙변은 만병의 원인이다. 숙변은 목, 어깨 고장을 불러올 뿐만 아니라 허리, 팔, 다리에 이상을 가져오고 부스럼의 원인이 되기도 하고 치질, 암까지 발전시킨다.

"내장과 목과는 거리가 먼데 무슨 잠꼬대 같은 소리냐?"
그렇게 말하는 사람들을 위해서 잠깐 설명해 보겠다. 우리
인체는 현미경 관찰로는 알기 어려운 형이상학적인 면이 훨
씬 더 많다.

좀더 정확하게 말하면 육안으로 확인할 수 있는 세계보다
육안으로 확인할 수 없는 세계가 아홉 배나 더 많다. 그것이
바로 기(氣)의 세계다. 인체는 물질로 구성되었지만 그 구성
물을 움직이는 데는 눈에 보이지 않는 기의 에너지가 절대
필요하다.

일명 전자파라고 하는 기는 우리 인체에 쉴 새 없이 흐르
고 있다. X 광선, CT 촬영으로도 잡히지 않는 것이 기의 흐
름이다. 그 흐르는 길이 동의(東醫)에서 말하는 소위 경락이
다.

북한의 김봉한이라는 의사가 이 경락을 염색하는 데 성공
하였다고 발표하여 한때 의학계를 떠들썩하게 한 일이 있다.
아무튼 폐에서 시작된 기의 흐름은 일정한 인체의 경로를
따라 간에 이르기까지 하루에 50회 순환한다는 사실은 동의
의 기본상식이다.

인간이 건강해지기 위해서는 물질구성이 완벽한 것도 중
요하지만 기가 맑고 싱싱해야 한다. 기의 흐름이 막힘 없고
순탄해야 한다. 기가 맑지 못하고 탁하면 정체하기 쉽다. 혼

탁한 탁류가 잘 막히듯 탁기도 잘 막힌다.

기(氣)의 흐름이 원활하지 못하고 정체되는 현상 때문에 관절의 고장으로 나타나기도 하고 디스크의 모습으로 나타나기도 한다. 막힌 기를 뚫으면 삐걱거리던 기계는 금방 돌아가게 마련이다. 기를 탁하게 하는 원인 가운데 하나가 숙변이요, 체내의 가스다.

가스 발생의 원인은 (1) 술·육류·계란·우유·유제품(버터·치즈) 등과 과다 섭취 (2) 야식(해가 진 후 특히 밤늦게 음식 먹는 것) (3) 과식 (4) 급하게 먹는 것 등이다. 잘 씹지 않고 빨리 먹으면 음식 속의 공기가 그대로 들어가 내장에서 팽창하여 가스를 유발한다. 그리고 음식 이외에 정신적 스트레스도 체내의 산소를 많이 소모하기 때문에 가스 발생의 큰 원인이 되고 있다.

자신의 대장에 숙변이 얼마나 있는지 알아볼 수 있는 간단한 자가진단법이 있다. 손바닥에 드러나는 정맥의 푸른 줄기의 유무를 보고 숙변의 유무와 그 부위까지 알아맞힐 수 있다.

오른손 엄지손가락 뿌리 부분(어복)에 나타나는 푸른 정맥줄은 맹장 부위에, 나머지 네 개의 손가락 위에 나타나는 푸른 정맥줄은 상행결장(上行結腸) 부위에 각각 숙변이 정체되어 있다는 것을 나타낸다. 이처럼 왼손 엄지손가락 어복 부위는 S자 결장과 하행결장(下行結腸)의 숙변 정체상태를 보여준다.

평소에 변비가 있건 없건 누구나 쾌변을 볼 수 있도록 식사관리를 잘 해야 한다. 건강의 세 가지 지침으로 쾌면(快眠), 쾌식(快食), 쾌변(快便)을 제시하는 사람도 있듯이 변을 잘 보는 배설행위야말로 우리가 날마다 체크해 보아야 할 건강의 척도가 아닐 수 없다.

건강은 결코 맛좋은 음식이나 영양가 높은 음식물을 섭취하는 데 있는 것이 아니다. 싱싱한 생기가 많이 담겨 있는 음식물일수록 건강식이 된다는 점을 이 기회에 다시 한번 강조한다.

현미는 완전한 조화식이다. 농약을 겁내는 사람이 있는데 현미 눈에는 농약이며 모든 독성을 제거하고 자율신경을 조절하는 성분이 포함되어 있다. 통밀은 토코페롤이 많으며, 콩은 고단백, 싱싱한 채소는 파괴되지 않은 대사물질의 보고다.

해초류들로 차린 식단이 이상적이라는 것은 이미 몇 차례나 말한 바와 같다. 하지만 아무리 좋은 건강식이라도 과식은 금물이다. 경제생활은 수입이 많고 지출이 적어야 윤택해지지만 식생활은 수입과 지출(배설)이 균형을 이루어야 건강을 유지할 수 있다.

내가 보건대 환자의 대부분이 건강식, 미식, 영양식 등의 섭취에는 신경을 쓰고 있을지언정 배설에 대해서는 무관심한 것 같다. 특히 체내의 가스에 대해서는 환자 자신은 물론 치료하는 의료인 쪽에서도 관심과 연구가 거의 없는 것 같다.

체내의 가스에 대한 연구를 의료계보다 미국항공우주국(NASA)에서 먼저 시작하였다는 사실은 아이러니컬하다. 우주선 내부는 그야말로 물샐 틈 없는 밀실이다. 그래서 선내에서 일어날 수 있는 사고 가운데 가장 무서운 것이 화재나 폭발사고다. 전자 기계로 가득한 선내에는 스파크로 인한 인화를 유발하기 쉬운 가스가 요주의 대상이다.

그래서 인체에서 발생하는 가스 중 대표적인 방귀의 성분과 양에 대한 연구가 철저하게 이루어졌다. 위 속에 생긴 가스의 성분은 대기 중의 공기와 비슷하였지만, 대장 안의 가스는 질소·탄산가스·수소·메탄가스·산소로 구성되어 있고, 장내 세균에 의해서만 만들어지는 암모니아·유화수소·인돌·스카톨·휘발성 아민·휘발성 지방산 같은 악취가스가 포함되는 경우가 있다.

이런 가스 가운데 특히 메탄에 대해서는 흥미로운 것이 발견되었다. 메탄은 3세 이하 유아의 장에서는 검출되지 않고 메탄을 만들어내는 메탄산 세균은 성인이 되는 과정에 서서히 장내에 장착한다는 사실이다.

하지만 그것도 세 사람 중에 하나 꼴로 검출될 뿐 3분의 2의 성인에는 서식하지 않는다고 한다. 이런 차이가 나는 것은 생활환경·음식물·정신적 스트레스 등이 각기 다르기 때문이다.

신선한 공기, 미네랄이 풍부한 생수, 섬유질 식품 등의 섭취와 아울러 대인관계의 조화에 힘써서 스트레스를 받지 않는 생활을 해야 한다.

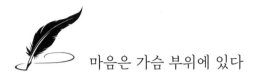 마음은 가슴 부위에 있다

서점에 가보면 건강법, 장수법에 관한 책들이 놀랄 만큼 많다. 주로 일본서적들이지만 내가 읽은 것만도 수백 권에 이른다. 그런데 이상스럽게도 마음에 관한 것은 찾아보기 힘들다. 간혹 있다 해도 심령치료에 관한 것으로서 시술자 쪽의 것이지 환자 자신이 어떻게 마음을 다스려야 한다는 지침을 구체적으로 밝혀놓은 것이 없다.

언젠가 교통사고로 식물인간이 되어 6년 동안이나 누워 있던 환자가 갑자기 입을 열기 시작했고, 회복단계에 접어들었다고 야단이었던 적이 있다. TV에서도 모 의학박사가 나와 해설하기도 했다. 한결같이 기적이라고만 말할 뿐 시원한 해답이 없다.

그런 기적은 왜 일어나는가. 그것은 마음의 세계에 대한 이해가 없으면 해석이 안 된다. 현대의학의 허점이 바로 여기에 있다. 인간을 해부학적 차원에서만 다루는 한 완전한 인간 구제의 길이 열리지 않는다. 인간은 육체 이전에 마음이라는 절대자가 주인공인 심령적인 존재다.

불교의 대표적인 경전인 〈반야심경〉에는 색즉시공 공즉
시색 색불이공 공불이색(色卽是空 空卽是色 色不二空 空不二色)
이라는, 같은 의미의 말이 무려 네 번이나 반복되고 있다.

물질의 최소단위는 원자로, 원자는 핵(양자+중성자)을 중
심으로 음외전자가 원운동을 되풀이하고 있다. 이 현상은 한
개의 돌멩이에서도 일어나고 있는 엄연한 사실이라고 과학
자들은 밝히고 있다.

그렇다면 핵을 중심으로 음외전자가 돌고 있는 윤회운동
은 무슨 힘에 의한 것일까. 여기서 현대과학은 벽에 부딪히
고 말았다. 그래서 아인슈타인도 "현미(顯微)의 세계를 들
여다보면 볼수록 나는 인간의 지혜를 넘어선 절대자의 존재
를 인식하지 않을 수가 없다"고 고백하고 있다.

붓다는 이 현상계(물질세계) 밖에 실재계(의식세계)가 실
존한다는 것을 발견했다. 그것이 붓다의 깨달음이었던 것이
다. 생로병사하는 육체 뒤에는 생로병사하지 않는 주인공이
따로 있다는 것을 알았던 것이다.

인생은 일회용이 아니라 색계(色界)와 공계(空界)를 윤회
하는 영원한 생명체임을 깨달았던 것이다. 그러니 육체는 병
들고 죽는 것이지만 마음은 병들지도 않고 죽지도 않는 진
짜 주인공이다. 모든 재산과 마찬가지로 육체도 내 것이 아
니다. 현상세계에서 쓰다가 돌려주지 않으면 안 될 고물자동
차와 같은 것이다.

운전기사가 교통법규를 지켜야 사고가 나지 않고 자동차를 온전하게 보전할 수 있듯이, 사람도 마음의 법칙을 잘 지켜야 육체를 탈 없이 목적지까지 몰고 갈 수 있다.

　　우리가 눈으로 보고 몸으로 부딪칠 수 있는 이 세계는 늘 변화하여 일순간도 멈추지 않는 변화무쌍한 제행무상(諸行無常)의 세계다. 어제의 자신과 오늘의 자신은 같지 않다. 신진대사에 의해서 1분 동안에 300만 개의 세포가 죽고 새로 태어나기 때문에, 어제의 육체는 이미 오늘의 육체가 아니다.

　　학자에 따라서는 우리의 육체세포는 1년 동안에 전부 바뀐다고 하는 분도 있고, 3년이라고 하는 분도 있다. 딱딱한 뼈의 세포도 4~5년 사이에 전부 바뀐다고 한다.

　　하룻밤 사이에 수염이 자랐다. 상처가 아물었다. 손톱이 자랐다. 기타 이러한 변화를 통해 육체세포가 순간순간 변하고 있다는 사실을 알 수 있다. 따라서 어제의 자신은 오늘의 자신이 아니라고 보는 것이 과학적인 견해다. 그러나 어제의 자신은 오늘의 자신이 틀림없다.

　　무엇이 바뀌지 않는가. 인격(人格), 생명, 영혼, 잠재의식이 바뀌지 않는다. 절대로 변하지 않는 것을 실재(實在)라고 말하고, 변하는 것을 현상(現象)이라고 말한다. 실재의 자신이 광자체(光子體)의 자신이고, 현상의 자신이 원자체(原子體)의 자신이다.

사람은 언젠가 죽는다. 그리스도, 붓다도 죽었다. 이 글을 쓰고 있는 나도, 이 글을 읽고 있는 독자도 죽는다. 육체는 화장을 하거나 매장을 하거나 기화하고 재가 되고 흙이 된다. 산소·질소·인·칼슘 등의 원소로 현상계에 환원한다. 식물이 그것을 먹고, 그 식물을 인간이 먹음으로써 새로운 육체의 재료가 된다. 육체의 윤회운동이다.

마음이 없는 육체, 그것은 시체나 다름없다. 잠이 들었을 때의 육체, 그것도 엄밀히 따지면 가사상태의 고깃덩어리에 불과하다. 원자체의 육체에 마음이 동승할 때 비로소 이승의 인간은 존재가 가능하다.

사람은 누구나 예외 없이 두 개의 신체를 가지고 있다. 육안으로 볼 수 없는 것이 마음이기 때문에 우리의 현실은 몽매할 수밖에 없다. 육체가 물질 차원의 공기·물·먹거리 등의 에너지를 필요로 하듯이, 마음은 의식 차원의 에너지를 필요로 한다.

성철 스님 같은 도인은 잠을 자지 않고도 마음의 에너지를 얼마든지 공급받았다. 평상시에도 그 마음이 하늘에 살고 있기 때문이다. 그렇다면 마음은 도대체 어디 있단 말인가. 정답은 가슴 속에 위치한다는 것이다.

인간의 세포 수는 학설에 의하면 약 60조(兆) 개라고 한다. 인간이 대우주의 축소인 소우주라고 하니 우주공간의 천체 수와 동일해야 한다. 아무튼 세포 하나하나에는 저마다

의식이 있다. 비슷한 의식들의 세포가 동아리 지어 기관이 되고 기관들이 모여 인체가 구성되는데, 이 많은 세포들을 중앙에서 통제·관리하고 있는 것이 바로 마음이다.

우리가 활동 중에 마음은 가슴 한가운데 위치한다. 두 젖꼭지를 잇는 수평선과 코와 배꼽을 잇는 수직선이 마주치는 곳을 침구학에서는 전중이라고 한다. 전중은 의중(意中)과 같으며 의중은 의식의 중심이라는 뜻이다.

동양침구학에서 심인성 치료에 있어서 이 혈은 중요한 역할을 한다. 사실 우리가 감격해서 눈물을 흘릴 때, 먼저 가슴에서 치밀어 오르는 뜨거운 것을 느낀다. 이것이 바로 마음의 작용이다. 마음을 육체에 전달하고 육체에서 수용한 감각을 마음에 전달하는 교환역할을 하는 곳이 바로 뇌다.

눈으로 물체를 본다고 말하지만 눈은 외부에서 들어온 빛의 파장을 뇌에 전달할 뿐이다. 색(色)과 형(形)을 식별하는 뇌세포에 변화가 일어나면 마음은 그것이 무슨 색, 무슨 모양임을 알게 된다. 눈을 뜨고 있어도 마음이 다른 곳에 가 있으면 물체가 눈에 보이지 않는다.

저자 후기

이 책을 끝까지 읽어 주신 독자에게 감사의 말씀을 드립니다. 이 책이 재미가 있었거나 유익했거나를 불문하고 읽어 주신 것만으로도 저와는 큰 인연을 맺게 된 것입니다.

저는 이 책에서 쉽게 접근할 수 없는 엄청난 진리의 세계를 훔쳐보았고, 저 나름대로 중도를 표방한 건강 문제까지 써보았습니다만, 이 책의 일관된 에너지의 흐름은 세 가지로 요약됩니다.

첫째, 인간은 육체가 아니라 영혼이라는 것입니다.

그 영혼은 시작도 없는 시작에서 끝없는 끝으로 흘러가는 영원한 생명체라는 것입니다. 그 영원한 생명체가 현재라는 이승에서 소중한 육체를 빌려 살고 있는 것입니다.

육체는 내가 아니니 건강 따위가 무슨 소용이 있겠느냐 말할 수 있지만 그렇지 않습니다. 오히려 내 것이 아니기에 더욱 소중하게 아껴 알뜰하게 쓰고 되돌려주어야 하는 필연적인 의미가 숨어 있습니다. 소중하게 하는 것과 집착은 다

릅니다.

둘째, 영혼은 수평으로 흐르는 생명이 아니라 원형으로 순환운동을 하고 있다는 것입니다.

이승과 저승을, 현실과 정신을, 색(色)과 공(空)을 순환 윤회하고 있다는 것입니다. 따라서 인생은 일회용이 아니라 수많은 과거세와 수 없는 미래세를 예약한 엄청난 에너지 덩어리입니다. 그것을 육체라는 동굴 속에 가두어 둔 채 인생을 졸업하는 낙제생이 되어서는 안 될 것입니다.

셋째, 영혼의 본질은 자비와 사랑이라는 것입니다.

자비와 사랑은 창조하는 힘을 지닌 빛이며, 능력이며, 만생 만물을 조화의 틀 속에 안정시키는 에너지입니다. 오늘날 지구촌이 평화를 누리지 못하고, 혼미와 분쟁을 거듭하고 있습니다. 인간의 육체적 지식이 빚은 오만을 버리고 영혼의 보물인 지혜를 펴야할 때가 된 것 같습니다. 21세기는 영혼의 원리에 따라야 합니다. 그것이 희망의 메시지입니다.